村上春樹〈訳〉短篇再読

風丸 良彦

みすず書房

村上春樹〈訳〉短篇再読　目次

目次

序　いま大学で（アメリカ）文学を学ぶということ

さて、これからなんと十五回にもおよぶアメリカ文学の講義を始めることになりますが、その前にやはり、いま何のためにアメリカ文学を学ぶのか、これについて触れないわけにはいかないでしょう。本講義の中でも何回か参照させていただくことになる、アメリカ・ブラウン大学のロバート・スコールズ先生は、つぎのようなことをおっしゃっています。

われわれの目標とするのが、叡智とか、それが仰々しすぎるなら、高められた意識とか、そうしたものだとしても、それはテクストから学生へと伝達されるのではなく、テクストに問いかけることによって学生の中に生みだされるものだ（以下略）。

（ロバート・スコールズ／折島正司訳『テクストの読み方と教え方』岩波書店版、26頁）

（それは、学生が）テクストに問いかけることによって学生の中に生み出されるものだ。この、教員サイドの力強い責任放棄とも思える発言に、私は深い感銘を覚えます。

表象文化としての文学

ところで、「アメリカ文学」という演題で話しはじめましたが、それ以前に大学で「文学」を学ぶというのはどういうことなのか、私たちはそこから出発しなくてはなりません。

文学は、せんじつめれば、イメージの伝達手段です。

つぎからつぎへと淀むことなく言葉が湧き上がってくる、そうした書き手も、あるいはいるかもしれません。けれども多くの場合、書き手の中にあるイメージが現出し（たとえばあなたが、あなたの経験を誰かに語ろうとする時、語る以前に、その過去の光景があなたの中にイメージされていないでしょうか）、しかしそこに現れたイメージを、彼／彼女が第三者に伝達しようとする時、彼／彼女はイメージをそのままの形で送信することはできません。彼／彼女は、イメージを言語に落としこんではじめて、その第三者への伝達が可能となる。そこに現出するテクストは、書き手のイメージを「代行」するものであり、読み手がテクストに向かう時、彼らの（比喩的な意味での）眼前で、書き手のイメージがテクストを介して「再現」されます。「代行」「再現」はどちらも、英語ではひとつの単語で言い表すことができます。すなわち［representation］であり、これを再度日本語に戻すと、「表象」ということになります。そして、実際にはいまその場にないものが何ものかを介して「代行」され、実際にいまその場にいる者の眼前で「再現・再生」されるという意味では無論、絵画や演劇や映像や音楽も「表象」するものです。文学、絵画、演劇、映像、音楽、そのいずれをとっても明らかな通り、それらは人間の行為です。人間の行為として表象が行われ、対象がメッセージとなって伝播される。その一連の流れを「文化」と呼ばずに、何を「文化」と呼ぶでしょうか。ここに、「表象文化」という語彙が立ち現れます。その意味では、言うまでもなく「文学」も「表象文化」のひとつです。そして逆の見方をすれば、対象がメッセージとなって伝播されたその道筋を遡行すれば、それはおのずとそのメッセージが発信された源泉へ近づいていくことになりますが、言わずもがなそれは、そのテクストが綴られた地域、時代、社会、言語に関わる文化へ接近していくことと同義です。思い切った言い方をすれば、そうした遡行の過程の中にこそ文学を、殊にわれわれにとっては未知数である異文化への橋渡しとなる海外文学を、読む根源的な価値が見出されます。ですから、「英（米）文学科」がのきなみ、「英語コミュニケーション学科」や「国際文化学科」へ改組される昨今ですが、英語コミュニケーションや国際文化といったフレームにおいてもなお、文学をないがしろにしてはいけません。

そのうえ、イメージの伝播という観点で考えた場合文学は、いま多くの学生たちが「文学」よりも優先する「映像」と比べた場合、高度な「表象文化」です。もちろん、人間一人、筆一本で書ける文学は、大勢のスタッフ、大量の設備・備品を必要とする映像作品よりは、はるかにロー・テクノロジーですが、しかしその「低い」はあくまでも工法上、という意味です。ではなぜ、「文学」は「表象文化」的に、「映像」よりも高度なのか。たとえば、いま仮に、自分の部屋の窓から見える光景を文章にして表そうとします。

右手には古びたマンションがあり、左手には緑濃い木立がある。路面からは陽炎が立ち昇っており、麦藁帽子をかぶった老人が一人、ゆっくりと角を曲がっていく。首には白いタオルを巻いている。暑さのせいか、通りに見える人影は彼だけである。蝉がやかましく鳴き続けている。

――などと描写するにはちょっとした労力を伴います。学生なら間違いなく「そんなのビデオカメラで撮れば一発ですよ」と言うでしょう。教員たるもの、これしきでやさぐれてしまってはいけません。そこだよ君たち、そこに「映像」の落とし穴があるんだよ。

文学的には稚拙きわまりない文章でしたが、それでも、多くの読み手がこの文章から、とある夏の日の光景をイメージしたに違いありません。ある読み手はマンションの色をグレーに描いたかもしれないし、またべつの読み手は、蔦の絡まるマンションを思い描いたかもしれない。多くの読み手は、老人の背中をイメージしたでしょうが、少しばかりの読み手は前面から見た老人の姿をイメージしたかもしれない。また、ある読み手はアブラゼミの鳴き声をイメージしたかもしれないし、違う読み手はツクツクボウシの鳴き声をイメージしたかもしれない。ところが、この文章が映像となって提示された場合、観客に提示されるのは、ひとつの固定されたイメージだけです。つまり観客は、その映像の製作者によってつくられたイメージを、あるがままに受け入れるしかない。言葉を換えれば、もともとあったであろうイメージは、製作者がすでにイメージ化してしまった状態で観客に差し出されます。文学作品の映画化が行われる時、おうおうにして原作と映画の違いに戸惑うことがありますが、その戸惑いは読み手のイメージと、映像製作者のイメージの差異（それは、もっとも肝心な主人公の姿顔かたちとなって、たちどころに現れることもあります）から生じます。しかしいったん身銭を切って映画館に入ってしまえば観客は、その自分ではない誰かによって再現されるイメージを最後まで見続けることを、なかば強要されます。つまり「映像」は、「再生」という行為の余地を、「文学」に比べれば過小にしか受け手に与えない。そこに「表象文化」としての「文学」の、「映像」との比較における高度性があります。

しかしいっぽう、当然ながらそこには、その高度性ゆえの不配達性があります。――本来書き手がイメージしたのは、グレーのマンションだったのか、蔦の絡まるマンションだったのか、あるいはそのいずれでもなかったのか。老人の向き、蝉の種類についても、それとまったく同じことが言えます。この「不配達性」とは、テクストはすでに書かれたものでありながら、また、読み手がその場で書くものでもある＝「読むことは書くことである」という読者の能動性を示します。ここで、先のスコールズ先生の言葉が重みを伴ってきます。つまり、テクストから発信されるイメージを一方的に享受するのが高校までの文学学習であるとすれば、学生が文学を読むことによってそれを新たに書くことこそが、大学での文学教育が目指す方向であるとスコールズ先生は示唆します。「新たに書く」は「発信」と同義です。そして「発信」は、学生がテクストの受動的な「受信」から一歩足を踏み出し、テクストに問いかけることによって初めて可能になる、とスコールズ先生はおっしゃるのです。すばらしい。

テクストに問いかける

では具体的に、テクストに、どうやって問いかければいいのでしょうか。答えを先に言えば、どんな方法でもいい、テクストにつっこみを入れる、ということです。たとえば、こんなテクストがあります。

お空が大きく見えるのは私がそこにいるからよ。

最近はあまり耳にしなくなりましたが、アニメ版「サザエさん」の放映が開始されてからしばらくのあいだ使われていたイメージソング、「レッツゴー・サザエさん」（作詞：北山修、一九六九年）の歌い出しです。この短いテクストに、あなたはいったい何を読みとるでしょうか。

①類まれなサザエさんの自己中心性。
②日曜日の午後七時前という時間帯によってもたらされる出社拒否症候群（いわゆる「サザエさんシンドローム」）の主因（会社には、「お空が大きく見えるのは私がそこにいるからよ」という風情の上役が掃い

て捨てるほどいる)。

これだけでも読みとることができれば、まずは十分です。

①②はいずれも、ある一定点からの読み方です。一定点というのは、言葉を換えれば、「男性の視点」と言ってもいい。②を見れば、このことがわかりやすい。すなわち、「サザエさん」のイメージソングを聴いて憂鬱な気分になるのは誰なのか。その気分の核心をなすのは男性中心社会であることは言うまでもありません。あるいはこれを専業主婦の視点に切り替えれば、憂鬱どころか、(二日間も家でごろごろしながら会社の愚痴ばかりこぼしていた夫がようやく明日からいなくなり)せいせいする、そうした節目になる歌に聞こえるかもしれません。また子どもの視点に立てば、確かに登校拒否気味の子どもにとっては心が暗くなる節目であるかもしれませんが、学校が好きで好きでしようがない、はたまた、クラスに意識する異性がいるといった子どもたちにとっては、元気百倍の節目となる歌であるはずです。

そう、視点を変えること。その方法でいまいちど①に目を向けてみましょう。ここで重要なのは、いったい誰がそれを言っているのか、ということです。と言っても、それは「サザエさん」に他ならないのですが、注意をしなければならないのは、「サザエさん」は「女性」であるということ。「お空が大きく見えるのは私がそこにいるからよ」、この物言いを「女だてらに」ととるところに、男性中心的な読み方があり、それが「類まれなサザエさんの自己中心性」といった言辞につながっていきます。そこに、この歌詞という形をとったテクストにかつて内包されていたであろう、時代の文化を読みとることができます。女性の視点であらためてテクストを読み直すこと。これは文芸批評用語で「フェミニズム批評」と言われます。「お空が大きく見えるのは私がそこにいるからよ」と高らかに言い放つ女性がいるとしたら、そこにはどのようなイメージが内在しているか（内包されているか）。これはもはや明らかでしょう。歌詞の一フレーズにとどまらず、それは「サザエさん」という装置《プログラム》そのものが発するイメージです。すなわち、女性による明るい社会の創造。

アニメ版「サザエさん」のテレビ放映が開始されたのは一九六九（昭和四十四）年ですが、原作の初出は終戦直後の一九四六（昭和二十一）年。後者の時代の日本を考えれば、「女性による明るい社会の創造」というイメージにも頷けるものがあり、それから二十三年後にテレビアニメ化されて以降は、この本来の「サザエさん」のイメージがアニメ版にも（意識的に、否、あるいは無意識のうちに）受け継がれていた、と見ることは十分に可能でしょう。

さてつぎに、視点を、誰が語っているか、から、誰に語っているかに切り替えてみます。

この際、もっとも注意しなくてはならないのは、「お空」というサザエさんの語法です。「お空」は通常、大人が子どもに向かって「空」を指し示す時に用いられます。無論、子ども同士の会話においても「お空」は使われますが、ここでは「お空」と発話しているのはサザエさんであり、例外です。大人であるサザエさんが「お空」と言う。それは、常識的に考えれば、サザエさんは子どもに向かって呼びかけていることを意味します。そこでは、大人たちがサザエさんの視界から排除される。そのことによって、「サザエさん」という装置が理想として抱くユートピア思想が、より鮮明な形をもって現出します。つまり、「お空が大きく見えるのは私がそこにいるからよ」というテクストは、サザエさんに代表される集合体としての女性と子どもたちによって形成される新たな共同体創出のメッセージとして受けとめられ、ここにも原作が発表された「昭和二十一年」が影を落としています。大人の男たちの思惑によって戦争に巻きこまれ犠牲となった女性や子どもたち。その戦争が終わったこれからは、大人の男たちではなく、女性や子どもたちが新しい未来を築いていく！　それがまさに、この歌の「レッツゴー！」です。

アニメ版「サザエさん」の放映が始まった一九六九年、わが国は高度成長の真只中でした。同じ年、大流行したテレビコマーシャルに、丸善石油の「Oh！モーレツ」がありました。白いヘルメットをかぶった女性（小川ローザ）のミニスカートがモーレツな風になびく、というそのコマーシャルは文字通り一世を風靡したのですが、言うまでもなくそれは、女性を見られる対象として捉えた旧態的な価値観の枠組の中にありました。その意味で、「サザエさん」の「（女性や子どもたちが中心となって）明日を作る」というメッセージは、その対抗的な位置づけにあったと見なされ、わずか数年後に起こったオイルショックによる高度成長時代の幕引き、それに伴う「モーレツからビューティフルへ」の時代への本格突入、さらには一九八〇年代のバブル経済期、ならびに九〇年代のその破綻を通り過ごしてもなお、「サザエさん」が多くの日本人に支えられ続けている原動力にもなっているように思えます。「（女性や子どもたちが中心となって）明日を作る」という「サザエさん」の根源的なメッセージ性は、まさに高度成長もバブル経済も大人の男たちがその中心にあって築かれ崩壊したものであるという作為性に対抗して、生来的な母性とともに生き続けています。

作者の死

さて、「サザエさん」の歌詞の一フレーズから思わぬ方向に論考が飛び火してしまいましたが、ようは、あらゆるテクストには意味がある。しかも、意味は、作者が意図する意図しないにかかわらず、テクストに紛れこむ可能性がある。意図しないところにさえ、そのテクストが書かれる社会的制度下において、意味が紛れこむ。これをつきつめれば、作者とは、「物語」によって新たな制度を生み出すのではなく、制度を書き写す存在である、とも言うことができます。これをロラン・バルトは「作者の死」と呼びました。たとえば、本講義第12章でとりあげる、つぎのようなテクストに目を向けてみましょう。

> プライスはじっと目で女を追うが、中から玄関へ出てくる足音が聞こえると、正面に向き直り、誰が出てもいいようにヴェルサーチのネクタイを正す。コートニーがドアを開ける。クリツィアのクリーム色シルクブラウスを着て、やはりクリツィアの赤さび色ツイードスカートに、マノロ・ブラーニクで買ったドーセイのパンプスをはいている。
> 私はぶるっと震え、黒いウールのジョルジォ・アルマーニのオーバーコートを渡す。

（ブレット・イーストン・エリス／小川高義訳『アメリカン・サイコ』角川書店版、14頁）

ブレット・イーストン・エリスの『アメリカン・サイコ』は、ヤッピーの若者がつぎつぎに起こす猟奇殺人を描いた物語で、発表された一九九一年には全米が震撼した、といういわくつきの作品です。当初サイモン&シュースター社からの刊行が予定されていましたが、そのあまりもの女性蔑視、人種差別的な内容から逃げ腰となり、ヴィンテージ社へと出版元が変更になったという経緯があります。

この文章は一見、ただのリストです。リストはリストでも、ブランド品のリストです。ヴェルサーチのネクタイ、クリツィアのクリーム色のシルクのブラウス、同じくクリツィアの赤錆色のツイードスカート、マノロ・ブラーニクで購入したドーセイのパンプス、ジョルジオ・アルマーニのオーバーコート。それらを「単品」で取りあげれば、そこには何の意味もありません。しかしここでも、意味もないリストとしてやり過ごしてしまうのではなく、なぜ意味のないリストがテクストに埋めこまれているのか、その意味をテクストに問いかけることが大切です。単なるブランド名の羅列であっても、それらの「集合体」は確かな意味をまとうのではないか、と。

単純なレベルでは、それはこの時代の若者の価値観を伝えています。さらに、語り手である「私」の視点に立てば、その若者の関心はブランド品にしか向けられていない。それは、表層です。プライスにしてもコートニーにしても、また当の「私」にしても、人間としての内面があるはずなのに、そういったことには一切関心がないかのように、このテクストは装います。しかし、そうした振る舞いの中にこそ、このテクストの意味がある。

一九九一年は、アメリカにとって、重大な節目となった年です。その年の三月一日、初代のジョージ・H・W・ブッシュ大統領は、湾岸戦争における「砂漠の嵐」作戦の勝利を高らかに宣言しました。同日、サダム・フセインはクエート侵攻の敗北を認め、停戦が実現したのですが、これは中東という地域的な和平以上に、アメリカに大きな変化をもたらしました。

それ以前のアメリカは、言わば「敗戦国」としての重荷を二十年間も引きずっていました。アメリカ本土が攻撃され侵略されたわけではありませんが、ヴェトナム戦争の長期化と泥沼化、および結果としての完全撤退は、アメリカ全土に敗戦にも等しい、否、それ以上のダメージをもたらしました。人々は国家に対する自負や信頼を失い、オイルショックもあり追い討ちをかけるように見舞われた極度の経済不振の中、他人に対する関心すらも薄れていった。人々の目に映ったのは、自分自身の魂の深奥だけであり、自分ではない人々の表面だけでした。

言うまでもなく、そうした社会的な病は一九九一年の湾岸戦争の「勝利」によって一気に払拭され、アメリカは自らの軍事力の価値を再正当化することによって、IT関連をはじめとする（軍事利用が究極の目的であることを黙殺できない）産業の振興により、日本のバブル経済崩壊と入れ替わるように、アメリカ版バブル経済の到来を迎えることになります。一九九一年発表の『アメリカン・サイコ』には、それ以前の、猟奇殺人犯の内面を通して、自分自身の魂の深奥だけを見つめ、他人についてはその表面だけにしか関心が及ばない、というアメリカ人の姿が克明に刻まれています。それが、貧困にあえぐ層ではなく、不況の時代にあっても富を手にすることができた若者を主人公に描かれているところに、この作品のいちばんのポテンシャリティがある。富を手にする若者《アメリカン・エリート》は、アメリカン・ドリームのあからさまな象徴でもあります。この作品で試みられたのは、そうした社会状況における「猟奇殺人」という徹底的な自己破壊です。自己の殻に閉じこもることによっては、「ヴェトナム以降」の出口のない状況を脱することはできない。自らそれ（＝ヴェトナム戦争によって朽ち果てたアメリカン・ドリームという幻想）を徹底破壊することによって、新たな一歩が踏み出される。そして同時にそれは、作者エリスが多分に意識してつくり上げた世界であることを決して否定はできませんが、いっぽうで当時のアメリカの制度をしてエリスにそのように語らせた、ということもまた否定できません。たまたまこの作品の発表時期は湾岸戦争と重なってしまいましたが、当時のアメリカ人の中にそうした自己破壊意識が芽生えていたとすれば、それが湾岸戦争以降のアメリカ経済復興にとって大きな相乗効果をもたらしたであろうことは容易に想像できます。一見無造作でしかない先のブランド品のリストには、そうした時代の大きな、制度としての意味が内包されています。

ところで、リストと言えば、同じく第12章でとりあげる、戦争にまつわるこんなリストもあります。ヴェトナム従軍兵を描いたティム・オブライエン「兵士たちの荷物」（村上春樹訳）に現れるリストです。

中尉として、そして小隊長として、ジミー・クロスは磁石と地図と暗号帳と双眼鏡と、弾丸をフルに装填すると一・三キロの重さになる45口径のピストルとを携帯していた。彼はストロボ式フラッシュ・ライトと、小隊員たちの生命に対する責任を抱えていた。

ミッチェル・サンダーズは無線兵として、ＰＲＣ25無線機を担いでいた。これはバッテリーを含めると重さ十二キロというおぞましい代物である。

ラット・カイリーは衛生兵としてモルヒネやら血漿やらマラリア用錠剤やら包帯やら漫画本やらその他衛生兵必携の器具・用具を詰めこんだキャンバス地の小型リュックを背負っていた。とくにひどい怪我をした者のためにＭ＆Ｍ・バーボンウィスキーも忍ばせてあった。その総量は九キロ近くになった。

大男ゆえに機関銃手をつとめるヘンリー・ドビンズは弾丸抜きで十・五キロ（とはいってもだいたいいつも弾丸は装填してあった）の重さのあるＭ60機銃を担いでいた。それに加えてドビンズは五キロから七キロ近くの重さの弾丸ベルトを肩から胸にかけて吊るしていた。

これは携帯品の一覧表であり、ここに、物語らしい物語はありません。けれども、兵士たちが抱える荷物の重さをして、戦争の重さがイメージとなっていやがうえにも伝わってきます。ただのリストを装いながら、しかしこれも確実に、リストとは別次元の、メタレベルの意味を纏っています。そしてそのメタレベルの意味は、作者が意識した以上に、それを読む時の私たちの姿勢によって弱まる（見過ごしてしまう）こともあれば、強化される（ヴェトナム戦争の悲痛なイメージが渦となって押し寄せる）こともあります。つまりそれらの境界線は、われわれが積極的にテクストに問いかけるか否か、というその能動性と受動性の間に敷設されていることは言うまでもありません。

「比較文学」という難題

ある読み手が自国以外の文学作品を研究する時、しばしば「比較文学」という方法が有効であるとされます。「比較文学」とは、異なる言語間、異なる国家間における文学の「異同」や「影響」を研究する学問です。「文学」を「文化」に換えれば、すなわち「比較文化」となります。たとえば、いま日本では「都市」と「地方」の格差が問題になっていますが、アメリカにもそうした問題はあるのだろうかと疑問に思うと、あなたはすかさずインターネットで調べようとするでしょう。その前に考えましょう、と「比較文化」は指摘します。そもそも日本は面積から言えば、カリフォルニア州にすっぽり収まってしまうのです。そのうえ、アメリカの人口はせいぜい日本の倍ちょっとです。とすれば、アメリカには日本に比べたら途轍もない「地方」が存在するのではないか？　それが、インターネットで調べる以前に、あなた自身が発見した「テクスト」に向かって、あなたが問いかけなくてはならないことです。

ところで「比較文学」に話を戻すと、残念ながら、この研究における本質的な定式はありません。したがって、その研究の仕方はいまだ研究者の恣意性の中にある、と言っても過言ではありません。それでは、複数の国籍を持つ文学間において、いったい何を見て何をどう比較研究すればよいのか、これは学生にとって難題です。もちろん、私にとっても難題です。神戸女学院大学の内田樹先生は、「比較文学」をつぎのように定義されておられます。

比較文学とは、簡単に言ってしまえば、それぞれの国語共同体が「同一の世界」をどのように「違った仕方で」経験するか、という問いを、おもにそれぞれの国語の特殊性に基づいて解明しようとする試みです（と私は勝手に定義しちゃいます）。その作業は文学テクストを素材にとることが有効であると私たちは考えます。

（内田樹『村上春樹にご用心』アルテスパブリッシング版、140頁）

けだし、名定義です。

たとえば、いま自分の目の前に美しい「湖」が見えます。「湖」は英語では［lake］です。まったく異なる言葉です。「ミズウミ！」と叫び続けていると、いつのまにか「レイク！」になる、そんなことはありません。けれども、異なる国語である日本語の「湖」と英語の［lake］とのあいだには共通項を見出すことができます。「湖」［lake］と書かれたものをじっと見つめ続ける、あるいは「湖」［lake］と労を惜しまずに叫び続けているだけでは、だめです。そもそも異なる国語です。それらふたつのことばの綴りや音自体には何の共通項もありません。

では、どこに共通項があるのか。それは、言葉が概念に「切れ目」を入れている、その一点に収斂されます。いまあなたの目の前にあるのが「湖」だとすると、あなたは「湖」と呼ぶことによって、それが周囲の陸地とは分かたれる「水がたまったところ」であるとして現実世界を切りとっています。これは英語の［lake］においても同様です。ところがあなたは、「湖」よりもずっと小さい、けれども陸地とは分かたれる「水がたまったところ」という意味では「湖」とは本質的な違いは何もないものをやはり「湖」と呼ぶでしょうか。あなたはそれをおそらく「池」と呼ぶでしょう。この際重要なのは、もしあなたがようやく言葉を覚え始めた幼児であったとしたら、生来的にそれらを呼び分けるか、ということです。たぶん、そうしたことはないでしょう。つまり、私たちは主体的かつ能動的に現実世界に「切れ目」を入れるのではなく、われわれが使っている言語によって現実世界に「切れ目」を入れさせられるのです。

ここで注目に値するのが、英語においてもやはり、水がたまってはいるが、［lake］ほど大きくはないものを［pond］と言い分ける、ということです。すなわち、日本語においても英語においても、同じ仕方でそれらを区別する。そこに「湖」と［lake］の共通項があります。

「ほら、あそこに湖があるだろ?」

「ミ、ミズウミ?　池じゃないか」

こんなくだりが小説の中にあったとすると、あなたは、明確にこの場面をイメージすることができるでしょう。ところが、「湖」と「池」とを区別しない言語がもしあったとしたら（世界中くまなく探せば、きっとあるでしょう。そればかりか、日英両語のあいだにおいてでさえ、日本語では「池」と「湖」のほかにも「沼」という厄介な区分けがあり、「沼」は「湖」でも「池」でもないのですが、英語の辞書で［pond］を引くと、これには「池」と「沼」の両方の意味がある——つまり、水面が群青色で、うっかり足をとられようものなら身体が底なしの水底まで沈んでいきそうな水たまりもまた「池」である——のがわかります）、その言語圏の読み手は、そもそもこの光景をイメージすることができません。ここに、「それぞれの国語共同体が『同一の世界』をどのように『違った仕方で』経験するか、という問い」が発せられます。もちろん、「違った仕方」ばかりでなく、日本語の「湖」と英語の［lake］で見るように（多くの指摘がされるところですが、同様の例は枚挙にいとまがありません）、どのように「同じ仕方」で経験するか、もまた「比較文学」の考察対象です。

　さて、この際、「ほら、あそこに湖があるだろ？」「ミ、ミズウミ？　池じゃないか」から明確なイメージが湧くあなたは、この作品によって「選ばれた読者」ということになります。これは、イメージが湧かない言語圏の読者がインテリジェンスにおいて劣る、という意味では決してありません。なぜなら、これに関連することを第十一章で触れることになりますが、そうした言語においてはそれらを見分ける必要がないからであり、必要の有無によって人間のインテリジェンスを天秤にかけることはできないからです。が、「選ばれた読者」がいるいっぽうで、「排除される読者」もまたいます。

　先の、ブレット・イーストン・エリスの『アメリカン・サイコ』の「リスト」を思い出してください。あなたは、「ヴェルサーチのネクタイ、クリツィアのクリーム色のシルクのブラウス、クリツィアの赤錆色のツイードスカート、マノロ・ブラーニクで購入したドーセイのパンプス、ジョルジォ・アルマーニのオーバーコート」から、明確なイメージをつくることができたでしょうか。もしできなかったとしたら、あなたは『アメリカン・サイコ』にとって「選ばれた読者」ではなく、「排除された読者」ということになります。つまり、このアメリカ文学作品はいったい誰を排除するのか、それを追及するところにもまた「比較文学」を通じた文化の比較考察の道筋があります。

さてさて、前置きが長くなってしまいましたが、以上のようなことも気にかけながら、これから始まる、村上春樹さんの翻訳作品を通じてのアメリカ文学の講義に、やおら参加していただければ、と思います。とりあえずここまでは、教室を出ていった人は数名ですんだようですが、十五回目の講義の時にはたしていまここにいる人が何人残っているものやら、恐ろしいながらも、楽しみでもあります。

1　循環する物語――グレイス・ペイリー「必要な物」

別れた夫と道で会った。私は新しくできた図書館の階段に座っていた。

ごきげんよう、我が人生、と私は声をかけた。私たちはその昔、二十七年間にわたって一緒に暮らしていた。だからそういう言い方をしてもかまわないだろうと思ったのだ。

何だって、と彼は言った。何の人生だって？　僕をそういうのにひっぱりこまんでくれよな。

わかったわよ、と私は言った。根本的に意見が合わないんだもの、議論するだけ無駄というものだ。私は腰をあげて図書館の中に入った。そしていくら罰金を払えばいいのか訊いた。

二人はどのように出会ったのか

これから長く、人によってはこのうえなく退屈な文学講義に入るわけですから、まずは軽いジャブからいきたいと思います。初めに嚇かしておきますが、もとい、断っておきますが、この講義は回を重ねるごとに難しくなります。ですから、皆さんには徐々に頭を慣らしていくアロワンスが与えられている。もちろん、この第一回目の講義ですでに嫌気がさしてしまう人も多くいるかもしれません。そういう人は、寝ていてもかまいません。ただし、お喋りは禁物です。真面目に講義を聞こうとする人の迷惑になりますから。もちろん、真面目に講義を聞く人がいたら、の話ですが。村上春樹さんの『1973年のピンボール』に、大学の授業など「砂漠に水を撒くような仕事」というスペイン語教員の台詞があります。私はそこまでは言いません。せめて、「暖簾に腕押し」です。あ、それじゃ同じことか。つまり、「糠に釘」です。いえ、「月夜に提灯」。いえいえ、「豆腐に鎹《かすがい》」。いえいえいえ、そう、「雨の日に花に水をやる」ようなものなのです。文学的な資質は皆さん自身の内に横たわっている。私はあえてそこにちょっかいを出すのも同然なのです。この講義で、文学作品を読むのは私ではなく皆さん自身です。そのことだけはわきまえておいてください。それさえわかってもらえれば、寝ていてもかまいません。

第一回目のジャブとして採り上げるのはグレイス・ペイリーの「必要な物」です。

海外文学を読む時、その冒頭から思い切りつまずいてしまうことは、ままあります。ページを開いた途端にカタカナの固有名詞が溢れかえっていたり、私たちには馴染みの薄い大ボラ吹き風の語り手がいきなり大言壮語しだしたり（父親の説教に日々悩まされているような若い読者は、その瞬間に「うざっ」と思うでしょう）、あるいは、最初の一行からして、何を言っているのかさっぱりわからない、などという根本的なケースにも多々直面します。そして、グレイス・ペイリーの「必要な物」も、最初の一行でつまずく作品です。ただし、引用したような日本語の書き出しでは、です。

その前に、ペイリーは一九二二年生まれの女流作家で、Ｊ・Ｄ・サリンジャーや、ノーマン・メイラー、ソール・ベロー、バーナード・マラマッド、現役バリバリではフィリップ・ロス、マイケル・シェイボンと、無造作に名前を挙げればキリがありませんが、彼らと同様、ユダヤ系の血を引きます（アメリカ文学は、否、文学だけにとどまらず、映画や、あるいは外交、経済などあらゆる分野にわたってですが、アメリカは、多くのユダヤ系の血によって支えられています）。「必要な物」が収録された村上春樹訳の短篇集『最後の瞬間のすごく大きな変化』（原書刊行は一九七四年）が文庫化された二〇〇五年七月には、ペイリーはまだ健在でしたが、その二年後の〇七年八月に、ヴァーモント州の自宅で亡くなっています。享年八十四歳。アメリカ人女性の平均寿命を照らし合わせれば、天寿をまっとうした、と言っても良いでしょう。

さて、その「必要な物」の冒頭の一行ですが、そもそも「私」は「図書館の階段に座っていた」のです。これは静止状態を意味します。ところが、それに先立つ「別れた夫」との再会は、「道で会った」と動的です。図書館の階段に座っていたはずの「私」から別の「私」が肉体遊離をして、歩きながら、道でエクス（元夫）と出会った、かのようです。つまずきます。

このような時には、迷うことなく、原典にあたりましょう。最近では、原書をいちいち買わなくてもインターネットで検索すれば、それが著作権上正しい行為なのかどうかは置くとして、著名な文学作品の抜粋や、なんとフルテクストすらたやすく見つけることができます（ただし、往々にして引用ミスがあるので、最終的にはやはり原典にあたることを勧めます）。

I saw my ex-husband in the street. I was sitting on the steps of the new library.
Hello, my life, I said. We had once been married for twenty-seven years, so I felt justified.
He said, What? What life? No life of mine.
I said, O.K. I don't argue when there's real disagreement. I got up and went into the library to see how much I owed them.

原文を読むと、謎は、一気に氷解します。冒頭に目を向けてください、'on the street' ではなく、'in the street' です。もし 'on the street' であれば、それは 'I saw my ex-husband' 全体にかかってその行為が起こった場所を指し示すでしょうが、ところが、'in the street' の場合は、かかるのは 'my ex-husband' のみで、その時の「元夫」の状態を表す可能性が高い。つまり、'on' であれば、「私」もまた道を歩いていて双方がすれ違ったことになるいっぽうで、'in' はあくまでも「道にいる『元夫』」を「私」は距離をおいて客観的に見ているということになります。したがって、「別れた夫と道で会った」という書き出しは、正確には、「別れた夫が道を歩いていた」になるでしょう。そのように置き換えてみてください。つまずきがとれませんか？

後だしの効果

ところで、この作品の書き出しの妙は、何と言っても、図書館に罰金を払う、という作品展開上の謎の設定でしょう。ここで私がこれ以上作品について語るのをやめたとしたら、誰だって「なんでまた、このおばさん（少なくとも二十七年間もの結婚生活がすでにあったのだから「私」はおばさんと呼ぶに相応しい年齢でしょう）は図書館に罰金を払わなきゃいけないんだ？」と原作を読まずにはいられないはずです。新しくできた図書館の階段に座るのは罰金行為なのか、はたまた、このおばさんはもう何日もこうして図書館の階段に座りこみ、来館者の妨害をしているのか、そうなると、離婚後この人はホームレス同然の暮らしをし、さらに性格も捩れてしまったかのようなストーリー展開になってきますが、いやがうえにも想像は膨らみます。そう、この作品では、罰金を払わなければならない理由が後だしされるのです。

図書館というのは、考えてみると、不思議な場所です。もちろん、不思議というのは、そこは死した言葉が眠る場所であるとか、司書の女性には浮世離れしたような人が多いとか、そうした村上ワールドに描かれるような不思議さではありません。個人的にもっとも気になるのは、図書館はいったいに何によって評価されるのか、という言わば経済活動におけるその位置づけです。ただで本を貸すわけですから、図書館は儲かりません。別に儲からなくたってそんなことは知ったことではありませんが、ところが、その行為は他の経済活動を阻害する。人々にただで本を読ませてしまうのだから、町の書店にとって図書館は「敵」です。さらに、こうした議論も確かにあるようですが、物書きにとっては、本来図書館になければ売れるはずの本が無料で借りられてしまうから、そのぶん印税が減ってしまう（これは、近年全国にアメーバ状に広がる「新古書店」も同様の問題をはらんでいます）。つまり、町の商業や、市民の暮らしを妨げるために税金が使われている。書店や物書きも、結果的には自分たちの首を絞めつけるためにその税金を納めている。図書館はそうした矛盾を抱えている。などと言うと、ライブラリホリック、なんて言葉があるかどうかは知りませんが、つまり図書館中毒者や市民団体から一斉に抗議を受けそうですし、私自身、異様に高価な本や、逆に、買うまでの価値がいまひとつ見出せない本については、図書館に頼らざるをえません。図書館がわが国国民の知的水準をどれだけ維持しているかご存知ですか。勤勉だけど不可分所得のない生徒・学生に借りずに買えと言うのですか。発展途上国の子どもたちをご覧なさい、本が読みたくても図書館がないのです。と言われてしまうと、もはや立つ瀬がなくなるのも事実です。

英語では「公務員」のことを‘civil servants’と呼びます。「国民・市民に仕える者」です。わが国の役所も少しはそうした意識をもってほしいと思うことがしばしばありますが（ある意味わが国では、民間企業のほうがよほど‘civil servants’だと感じる時があります。私たちが支払う金で成り立っているのはどちらも同じなのにね）、公共図書館で働く方々は、言ってみればその‘civil servants’の典型なのでしょうか。

「本」を介して市民に仕えることに、唯一絶対の生きがいがある、のでしょうか。

これはあくまでもひとつの指標ですが、図書館が第三者評価を受ける際に、蔵書がどれだけまわったか、という基準があるようです。言葉を換えれば、自分たちが選んだ本がどれくらいの数の市民に読まれたか、ということになります。置いているだけで借り手のつかない本が増えてしまえば、それは税金の無駄づかいになりますから、市民が読みたがる本をできるだけ多く確保することに躍起になる、そうした力学がおのずと働いてしまうのは否定できないでしょう（当該作品の「最初の一冊」以外の増備ぶんは「副本」と呼ばれます）。中には、「うちは『ハリポタ』を何冊蔵書し、どれだけの市民にそれを供給したか」を吹聴する図書館員もいるらしい。確かにそれも市民に仕えることではありますが、あけすけにそんなことを言われれば、やはり地元の書店や、『ハリポタ』の作者、訳者、出版社は癪に障るかもしれません。それは結局、もし本を貸すのがただでなく有料だったとしたら、その図書館はどれだけ儲けることができたか、というような経済価値に置き換えているような物言いにも聞こえてしまいます。そして、そうした実情からわかるのは、本来まわってしかるべき本をまわさなくする市民がいたとしたら（これは「延滞」と呼ばれます）、それはその人の道徳的な意味においてだけではなく、図書館関係者の本懐にあるかもしれない経済的原理においても「罪人」に等しいということでしょう。

寄り道が長くなってしまいました。この間とっくに「必要な物」の原文に行ってしまっている読者もいるかもしれません。しかし、ここまで我慢して読んでくれた読者がいたとしたら、そこに狙われるのがまさに「後だしの効果」です。

三十二ドルちょうどです、と図書館員は言った。あなた、十八年も借りっぱなしだったんですよ。抗弁しなかった。私には時間の観念というものがない。

そう、「必要な物」の主人公「私」は、二冊の本を図書館から十八年も借りっぱなしだったために、罰金を払わされる羽目になったのです。十八年の間に図書館は新しくなったが、「私」はまるで新しくなっていない。それが、あえて言うなら、この短篇小説の核心でしょう。それにしても、十八年間です。時間の観念がないどころか、時間とともに生きていない。「元夫」と一緒だった二十七年間も、彼女にとっては一日に等しかったのかもしれません。それがまた、気軽に彼に声をかけてしまう彼女の行為と、彼女に対する彼のリアクションの背離につながっている、かのようです。

物語の時代背景を探る

ところで、ここでまたも私たちは、あるひとつの経済価値にひっかかります。無論それは、十八年間借りっぱなしの「罰金」としての三十二ドルちょうど[*1]は、はたして高いか安いか、ということです。そもそもこの作品にはいったい、いつごろのアメリカが描かれているのか。テクストをよく見ると、ここそこに時代背景を示すヒントが埋めこまれています。

それはあるかもね、と私は言った。でもね、よく思い出してちょうだいよね、だいいちに、あの金曜日の夜には私のお父さんの具合が悪くなった。それから子どもたちが生まれた。例の火曜日の会合に私が出席するようになった。そして戦争が始まっちゃった。

ばったり出会った「元夫」が「私」にくっついて図書館に入り、図書館員と「私」のやりとりに割りこんできて、「僕らの結婚生活がうまくいかなかったのは、君がバートラム夫婦を一度も夕食に呼ばなかったせいだと思う」と「私」に言いがかりをつける場面です。そこがほとんどバ、リアフリ、、ーであるかのように場所と状況をわきまえない「元夫」、そして、誰だか知りませんが「バートラム夫婦」を招かなかったことに離婚の原因があるという理不尽さ。そのいずれもがこのうえなくアメリカらしくて嬉しくなってしまいます。海外文学を読む醍醐味はまさにこうしたところにある。そして、それに輪をかけるように理不尽な「私」の言い分。さすがに時間感覚がゼロの人だけのことはあります。「バートラム夫婦」と夕食を共にする機会を逸し続ける経緯が、いかんともしがたく大雑把です。

それはさておき、「例の火曜日の会合」というのも何なのだかとても気になりますが、彼女はここで「戦争が始まっちゃった」と言っているではないですか。これは時代背景を示す重要なキイワードです。結婚生活が二十七年間あったわけですから、新婚二年目くらいに子どもが生まれ、その後戦争が始まっている。とすれば、この物語の時代は、「戦争」からおおよそ二十年後プラスアルファということになる。プラスアルファ、というのは、二人の結婚生活が二十七年間続いたとは書かれていますが、二人が別れてからどれくらい経っているのかは書かれていない。が、いずれにしても、先の引用だけでは「戦争」がどの戦争なのかは特定できない。そこで、さらなる「資料」が必要になってきます。

私は今返却したばかりのイーディス・ウォートンの二冊の本を、あらためてもう一度借りなおした。それらを読んだのはもうずっと前のことだし、読むにはいっそう時宜《じぎ》を得ているように思えたのだ。『歓楽の館』と『子どもたち』という二冊だった。そこには五十年前のニューヨークで、アメリカ人の生活が二十七年の間にどう変化したかが描かれている。

イーディス・ウォートンはもちろん実存したアメリカの女流作家です。一八六二年ニューヨーク生まれ。十九世紀の超絶主義[*2]の流れを汲むとも言える内的視点からアメリカ特権階級の悲喜こもごもを描き、パリに関心を寄せるなど、そのキャリアは追ってF・スコット・フィッツジェラルドに受け継がれた、と言ってもいいでしょう。交流のあった文人・芸術家には、ヘンリー・ジェイムズ、シンクレア・ルイス、アンドレ・ジード、ジャン・コクトーら、そうそうたる顔ぶれが並びます。代表作は一九二一年度のピューリツァー賞を受賞した『エイジ・オブ・イノセンス』。引用に現れる『歓楽の館』(“The House of Mirth”)は一九〇五年、『子どもたち』(“The Children”)は、やや間隔がありますが、一九二八年の作品です。そして、「五十年前のニューヨークで、アメリカ人の生活が二十七年の間にどう変化したかが描かれている」に内容的により近いのは『歓楽の館』のほうであるかと思われます。とすれば、「必要な物」の時代背景はその五十年後の一九五〇年代で、それ以前の戦争で最も近いのは第二次世界大戦ということになりますが、そもそも「私」の時間感覚は出鱈目ですので、その戦争からおおよそ二十年経っていることを基準にすれば、物語の「今」は一九六〇年代ということになり、これはこの短篇集が刊行された時期とほぼ時間的な整合性を見ます。

ようやく「三十二ドル」の問題に戻ってくることができました。一九六〇年代の「三十二ドル」は現在の貨幣価値で言えば、五倍から六倍といったあたりでしょうか。つまり、一万四千円から一万七千円。昨今では、DVDを一年間返却せずにいたら違約金が数十万円になっていたなどという話も聞きますが、こちらは公共図書館という公的な機関ですので、十八年でそれくらいの罰金の額は、まあありうるかな、とも思えます。しかし、ここでもういちど原文に注目してみましょう。

The librarian said $32 even and you've owed it for eighteen years.

はて。図書館員は、十八年間返却しなかった、そのための罰金が三十二ドルだとは必ずしも言っていないようです。むしろ、「罰金は三十二ドルちょうどで、あなたは十八年間それを払い続けなかった」と言っているようです。とすれば、それは、十八年間積もり積もった額ではなく、ある特定の時点で課金された額ということになります。再三の督促にもかかわらず返却を怠っていた彼女は、借りた後、半年か一年して、最後通牒として「三十二ドル」の宣告を受けたのかもしれません。当時の書籍の定価の十倍ほどになるでしょうか（ちなみに、二〇〇九年一月に、アマゾン・ドット・コムの「マーケット・プレイス」では、一九〇五年刊行の『歓楽の館』ファースト・エディションに六ドルから二百五十ドル！の価格がつけられていました）。十八年で三十二ドルであれば案外緩い気もしますが、半年そこらで三十二ドルであれば、これは現在の三十二ドルの感覚でも、だいぶ厳しい。何と言ってもそこは公共図書館です。けれども、本来まわってしかるべき本をまわさなくする市民に対する、図書館関係者の本懐にあるかもしれない経済的原理においては、ありえない額ではないかもしれません。

「私」はどの時点で物語を語っているのか

さて、最後にこの物語のエンディングです。

そうだ！　今日こそこの二冊の本を図書館に返しにいこう、と私は思ったのだ。そうですとも、いくら私だって——愛想の良いことで知られているこの私だって——誰かや何かにこづかれたり値踏みされたりしたときには、それなりに適切な行動に移ることくらいできるんだから。

というようにこの物語は終ります。どうやら、彼女が語っているのは、図書館から帰ってきた後のようです。したがって、この時点で彼女の手元にある「この二冊の本」は、十八年間借りっぱなしになっていた二冊ではなく、あらためて借りなおされた二冊であるはずです。その日の朝、彼女は窓から外を眺め、鈴懸の並木に目を奪われます。その並木は、彼女の子どもが生まれる二年ほど前に、市が植えたものです。つまり、その時期はおそらく彼女が最初の結婚をした頃と重なります。最初の結婚とは無論、その日に彼女が図書館で出会った「元夫」との結婚のことですが、彼女にはいま、別の夫がいます。ここで俄然重要になってくるのが、彼女が十八年間借りっぱなしになっていた本を返却する決心をした、その心の動きでしょう。それは、「誰かや何かにこづかれたり値踏みされたりしたときには」と抽象的に表されます。これだけでは、何のことなのかさっぱりわかりません。しかしそれが少なくとも、彼女が「元夫」に図書館で出会い、離婚の原因についていちゃもんをつけられたことを指さないのは確かでしょう。なぜなら、それは彼女が図書館に本を返そうと決心する以前に発生しているはずだからです。

彼女は、なぜその日の朝、子どもたちが生まれた頃に植えられた鈴懸の並木に目を奪われたのでしょうか。もちろん、その「子どもたち」とは、彼女の現在の夫ではなく、図書館で出会った「元夫」との間にできた子です。さらにその二年前に彼女は最初の結婚をしている。と考えれば、「誰かや何かにこづかれたり値踏みされたりしたとき」というのは、彼女と現在の夫との間に何かいざこざがあったことを暗示します。それがもとで、彼女は最初の結婚生活を懐かしんでいた。そして、もしかすると、そのいざこざの原因こそが、借り続けていた本であったかもしれない。いったいいつまで、前の結婚生活を引きずっているんだ。そんなことを、いまの夫は彼女に言ったのかもしれない。向かった先の図書館で「元夫」に言いがかりをつけられても、彼女は二冊の本をまた借りなおすのです。そこではタイトルの「必要な物」（'Wants'）が意味深ですが、そうした彼女の感情をして、物語の冒頭にある「元夫」に対する彼女のビヘイビアがぴたりと符合します。「ごきげんよう、我が人生」と「元夫」に声をかけた彼女は、「私たちはその昔、二十七年間にわたって一緒に暮らしていた。だからそういう言い方をしてもかまわないだろうと思った」のです。ここでこの物語は、エンディングから冒頭への循環を見るのです。そしてこれこそが、この作品にほどこされた、もっとも顕著な小説的技法でしょう。

（グレイス・ペイリー「必要な物」＝文春文庫版『最後の瞬間のすごく大きな変化』所収）

＊1　原文で「ちょうど」は'even'です。これに対して「三十数ドル」などと言う場合の数は（面倒臭い端数を端折りたいときは）'odd'で表します。言うまでもなく、'even'はまた「偶数」の意味を持ち、'odd'はまた「奇数」の意味を持ちます。ところで、三十二ドルが「ちょうど」と言えるほどきりのいい数字かどうかは迷うところですが、もしかしたら当時のアメリカの図書館では、より細かなセントの単位まで罰金規定が設けられていたのかもしれません。

＊2　超絶主義《トランスセンデンタリズム》は、十九世紀アメリカで広まった反社会・文化的インテリジェンス運動のひとつです。自身の内部に宇宙を築いていこうとする内向、かつ自然主義で、『ウォールデン　森の生活』のヘンリー・デイヴィッド・ソローや、『自然論』のラルフ・ウォルド・エマソン、またアメリカ女性解放運動の先駆的存在であったマーガレット・フラーらによって代表されます。

2　ティファニーで翻訳論を少々
――トルーマン・カポーティ「ティファニーで朝食を」

以前暮らしていた場所のことを、何かにつけふと思い出す。どんな家に住んでいたか、近辺にどんなものがあったか、そんなことを。たとえばニューヨークに出てきて最初に僕が住んだのは、イーストサイド七十二丁目あたりにあるおなじみのブラウンストーンの建物だった。戦争が始まってまだ間もない頃だ。一部屋しかなくて、屋根裏からひっぱり出してきたようなほこりくさい家具で足の踏み場もなかった。ソファがひとつに、いくつかのむくむくの椅子、それらは変てこな色あいの赤いビロード張りで、いやにちくちくして、まるで暑い日に電車に乗っているような気がした。

私はいつでも自分の住んだことのある場所――つまり、そういう家とか、その家の近所とかに心ひかれるのである。たとえば、東七十丁目にある褐色《かっしょく》砂岩でつくった建物であるが、そこには私はこんどの戦争の初めの頃《ころ》、ニューヨークにおける最初の私の部屋を持った。それは屋根裏家具がいっぱいつまった一部屋で、ソファが一つと、暑い日の汽車旅行を思い出させるような、あの気持のいらいらする、とくべつに赤いビロードを張った、ぼこぼこした椅子《いす》がいくつかあった。

三つの句点と、六つの句点

トルーマン・カポーティ『ティファニーで朝食を』の冒頭を訳したものを右に二つ並べてみました。いずれかひとつは村上訳ですが、誰の訳かを考える以前に、どちらが新しい訳かは一目瞭然でしょう。この際、「新しい／古い」は往々にして翻訳文体の格式によって見分けられる。そう、誰がどう見ても、文体として格式ばっているのは後者のほうでしょう。では、いったい何がそれを格式ばっていると感じさせるのか。

まず、前者の語り手が「僕」であるのに対し、後者は「私」です。その「僕」なり「私」なりが出てくる回数は、前者では一回だけ。後者では三回です。つぎに、前者は「だ調」、いっぽう後者は

「である調」で書かれています。さらに、原文の同じ箇所が訳されているわけですが、前者には句点が六箇所あるのに、後者においては三箇所だけです。つまり後者のほうが、ワンセンテンスが長い。逆に、句点が少ないぶん、訳文全体のボリュームは後者のほうが小さい。句点については、原文を確認してみましょう（以下、ランダムハウス社ヴィンテージ版 'Breakfast at Tiffany's' より）。

I am always drawn back to places where I have lived, the houses and their neighbourhoods. For instance, there is a brownstone in the East Seventies where, during the early years of the war, I had my first New York apartment. It was one room crowded with attic furniture, a sofa and fat chairs upholstered in that itchy, particular red velvet that one associates with hot days on a train.

句点（ピリオド）は三箇所です。したがって、センテンス数において（ついでに、'I'＝「私」の数においても）後者は原文に忠実ということになる。けれども、私たち日本人にとっては、その倍のセンテンス数へと原文が切断され、また'I'の数も減らされた前者のほうが、俄然読みやすい。言うまでもなく、前者が村上春樹さんによる二〇〇八年の新訳であり、後者がそれまで定番とされてきた一九六八年初出の龍口直太郎訳です。でも、はたして本当に前者のほうが読みやすいでしょうか？

その前に。いまさら紹介するまでもなく、トルーマン・カポーティは現代アメリカ文学を代表する作家の一人であり、一九二四年、南部ルイジアナ州のニュー・オーリンズ生まれ。『ライ麦畑でつかまえて』を抑え、アメリカ人が人生で最も影響を受けた「グロウイング・アップ・ストーリー」として挙げられることが多いハーパー・リーの『アラバマ物語』[*1]に登場するディルは、アラバマ州在住時にリーと交友があった自分がモデルであった、とカポーティ自身が言っています。いっぽうカポーティもリーを『遠い声　遠い部屋』に登場するアイダベルのモデルにしています。一九八四年に六十歳で亡くなっていますが、最近では、フィリップ・シーモア・ホフマンがアカデミー主演男優賞を受賞したベネット・ミラー監督の二〇〇五年の映画「カポーティ」によって再び脚光を浴びました。晩年は、アルコールならびに薬物依存症もあって公の場での奇行が目立ち、またホモセクシャルであったことも広く知られています。代表作に、映画「カポーティ」の題材となったノンフィクション『冷血』、二十三歳で著した長篇『遠い声　遠い部屋』、短篇集『カメレオンのための音楽』など。でも、カポーティと言えば一にも二にも「ティファニー」をあげる人も多いでしょう。

　その「ティファニーで朝食を」は、一九五八年の発表。世間一般的な分類では、「短篇」ではなく「中篇《ノヴェラ》」ですが、「村上春樹訳」としては、この作品をとり上げないわけにはいきません。なにしろ私の周りには、村上訳「ティファニー」を読んでカポーティが好きになったという学生が、少なからずいます（決して「大勢」ではありません）。

　さて、冒頭の二訳に戻りますが、まずもって気になるのがニューヨークの住所です。つまり、村上訳では「イーストサイド七十二丁目」（傍点筆者）となっているのに対し、龍口訳では「東七十丁目」（同）です。どちらもランダムハウス社版を訳の底本としているようですから、後ろに引いた英文がその原文ということになります。その箇所を見ると、'East Seventies' になっています。それを「七十番台」と読むことはもちろん可能です。さりとて「七十二丁目」の「二」はどこにもありません。どうして村上訳はそれを「七十二」としたのか、あるいは、'East Seventy-two' と表記された底本が存在するのか、重箱の隅をつつくようですが、ここはぜひとも真相を訊ねてみたいところです。

ところで、その 'East Seventies' にある「おなじみのブラウンストーンの建物」はいったい何が「おなじみの」なのでしょうか。そもそも「ブラウンストーンの建物」の「ブラウンストーン」は固有名詞なのか。だとすれば、カポーティの他の作品にその「ブラウンストーンの建物」が何度か出てきて、私たち読み手はそれを「おなじみの」ものとして知っておかねばならないのか。けれども原文を見れば、「ブラウンストーン」は 'brownstone' で頭文字が大文字ではなく、しかも不定冠詞の 'a' までついていますから、少なくとも固有名詞ではなさそうです。このような時は、ううむ、ううむ、と唸っていてもいっこうに埒が明きませんので、迷わず辞書を引きましょう。英和辞典では、'brownstone' ＝「赤褐色砂岩、正面にブラウンストーンを使用した住居」と出てきます。「ブラウンストーン」では、残念ながら「広辞苑」には掲載されていません。「グーグル」で検索すると、一九九四年にロス・アンゼルスで結成された女性R＆Bグループや、盛岡市の古着屋の名前が出てきますが、無論それらは固有名詞で、「ティファニーで朝食を」の冒頭に出てくる「ブラウンストーン」を表すようなものはいっこうに出てこない。したがって「ブラウンストーン」は日本語ではあまり一般的ではない、ということが言えるでしょう。とすれば、邦訳で何の前触れもなく「おなじみのブラウンストーンの建物」と記すことは、少々乱暴、でしょうか。龍口訳の「褐色砂岩でつくった建物」のほうが、「おなじみのブラウンストーン」よりも、イメージがすんなりと伝わってくるかと思います。

つぎに、龍口訳の「屋根裏家具」に注目してみましょう。村上訳では「屋根裏からひっぱり出してきたような」と、比喩化することによって「屋根裏家具」という造語からくる違和感が排除されています。ところで、原文では 'attic furniture' となっており、まさに「屋根裏家具」です。と言うことは、ここには原作者であるカポーティ自身の造語感が含まれていたのではないか。確かにそのまま「屋根裏家具」とすれば、あたかも屋根裏に置かれているような家具、という意味合いが強くなり、屋根裏にしまって置かれるほど必要のない家具、という本来のニュアンスが薄まってしまいますが、ここは、原文のトーンを忠実に再生するか、あるいは、日本人にわかりやすいように解釈をほどこすか、どちらの策略をとるべきか、判断に大いに迷うところです。

もうひとつ。「むくむくの椅子」という表現が村上訳には出てきます。原文では 'fat chairs' であり、龍口訳では「ぼこぼこした椅子」です。どちらがその椅子の具合を私たちにより的確に伝えているかと言えば、龍口訳のほうでしょう。「むくむく」という言葉から私たちは何を連想するか？「むくむくと太った羊」のように、ふんわりとして、どちらかと言えば、そこに思い切り身体を委ねたらクッションが効いて心地よい、かのような印象があります。「むくむくの椅子」を、「むくむくの布団」や「むくむくのソファ」としてみれば、その感覚が伝わってくるでしょう。ビロードのカバーがかかった古い椅子を想像してみてください。施設更新がされていない場末の映画館の座席のような代物です。

座るとまさに、ぼこ、という音がしてへこみます。どう考えてもあれらは、「むくむく」と言うよりは「ぼこぼこ」しているように、私には思えます。

さらにもうひとつ。その太った椅子の感触ですが、村上訳では「電車」の椅子に喩えられ、龍口訳では「汽車旅行」に喩えられています。原文は‘train’で「電車」や「汽車」よりもむしろ「列車」なのか、とも思われますが、ここでより根本的に重要なのは、この作品の背景となっている時代の感覚です。物語が語られている時点は一九五〇年代の後半です。その時点から一九四〇年代前半という過去が振り返られている。そして、作品において支配的な時間は後者のほうです。そこで、この物語の語り手は、‘that one associates with hot days on a train’と、椅子の感触を表します。ここでは、‘associates’がキイになるでしょう。「結びつける」といったあたりの意味になりますが、ようは、‘associates’は現在形なのです。したがってそれは、物語が起こっている過去の時間における感覚を伝えようとしているのではなく、いまこの物語が語られている時点での、現在の読者に向けた比喩であり、すなわち一九五〇年代後半の時代感覚ということになります。この意味では、「電車」のほうがそれに近いと言えなくもありませんが、しかし、「まるで暑い日に電車に乗っているような気がした」と村上訳はそれを、語り手の読み手に対する現時点的なコミュニケーションの目論見としてではなく、語り手の主観をしての一九四〇年代前半の感覚として提示しています。そこに、「一九四〇年代前半」と「電車」というミスマッチが生じている、そんな気がします。そして、こうした冒頭の訳出過程に早くも象徴されるかのように、村上訳「ティファニーで朝食を」には、その全体を通じて、龍口訳よりもはるかに現代に近い時代の物語であるかのような錯覚を、読み手は覚えるのです。

原文と翻訳者のイメージ

とは言え、翻訳文体の硬軟だけを問題にすれば、現代を生きる私たちにとって、村上訳のほうが「軟らかい」のは疑いの余地はないでしょう。先にあげた「ブラウンストーン」や「むくむくの」といったあたりでいちいち煩悶しない読者なら、村上訳は嚢中《のうちゅう》のものを探るように読み進むことができます。また、辞書に多くを頼る、言うなれば机上の知識ばかりでなく、アメリカ文化を肌身で感じとった経験からくる知識が、随所に滲みでている。たとえば、龍口訳にはこんな一節があります。

彼はある絵入り雑誌のカメラマンをしているが、私たちが知りあったころ、あの褐色砂岩の家の最上階にあるスタジオを借りていたのだ。

「彼」は、かつて「私」と同じアパートに住んでいた日系アメリカ人の「ユニオシさん」を指していますが、「絵入り雑誌」という大正時代的な用語もさることながら、何やらユニオシさんは（それにしても、この人の名はどんな漢字を書くのでしょう?）、最上階のスタジオを借りるという、リッチな日系人のようです。ところで、村上訳の同じ箇所はつぎのようになっています。

どこかの写真雑誌専属のカメラマンで、当時は同じブラウンストーンの建物の最上階にある、一間のアパートメントに住んでいた。

だいぶ趣が違います。龍口訳の「スタジオを借りる」では、どこか別なところに本宅があるようですが、村上訳ではそこが本宅であり、しかもそれは、最上階にあるたった一間のアパートです。こうした「格差」が生じてしまったわけは、龍口訳では原文の‘studio apartment’が誤認されているからに他なりません。アメリカ生活経験者であればほとんど誰しも、それが日本で言うところの「ワンルーム」であることを知っているはずです。ちなみに、‘studio’が最も小さなアパートメントで、それよりワンサイズ大きなものは‘one bedroom’、さらに‘two bedrooms’、‘three bedrooms’と、大きくなるにつれ寝室の数が増えていきます。さらにちなみに、アメリカではどんなに生まれたての赤ん坊でも「人間一人」として見なされますので、たとえば夫婦に子供一人の三人家族の場合、‘one bedroom’に入居することを常識的には拒否されます。夫婦ものが‘studio’に入居しようとする場合も、言わずもがなです。

こうした現地感覚ばかりでなく、村上訳にはまた、随所に切れがあります。たとえば龍口訳のこのような一節。

彼女はリンゴをひとかじりすると、こうきいた――「何かお書きになったもののお話ししてちょうだい。物語のところだけでいいから」
「そいつがひとつ困るところなんだ。ぼくのは物語ができるようなやつじゃないんでね」
「あんまりうす汚《きた》なくって？」

主人公ホリーが、語り手で小説家修行中の「私」に作品を読むよう促している場面です。原文ではつぎのようになっています。

She took a bite of apple, and said: "Tell me something you've written. The story part."
"That's one of the troubles. They're not the kind of stories you *can* tell."
"Too dirty?"

龍口訳はいささか難解です。つまりホリーは、書かれたものをすべて読むのではなく、筋をかいつまんで話してくれるよう請うているわけですが、この訳ですと、「物語」とそれ以外のものが分離可能で、「それ以外のもの」を排除した「物語」だけを聞かせてほしい、と言っているかのようです。それに対して「私」は、自分の作品は型通りのものではなく、一般論で言うところの「物語」の抽出は不可能であると答えている、そういうことになるのでしょう。これは、高度に専門的な会話です。作家志望の「私」ならいざしらず、まともに高校にも行っていない十九歳のホリーにしてはハイブラウにすぎます。そして何よりも、「ぼくのは物語ができるようなやつじゃないんでね」と、それに対するホリーのリアクションである「あんまりうす汚くって？」が結びついていきません。いっぽう、この部分の村上訳は左の通りです。

彼女はりんごを一口齧り、言った。「あなたが書いているものの話をして。どんなお話なの？」
「そいつがむずかしいんだ。口で説明しにくい話だから」
「いやらしい話なの？」

この訳には、いったん原文を頭に入れ、しかしその文章をじっと見つめ続けるのではなく、その語感を留めつつ映像的なイメージをつくりあげ、そこから新たに日本語の文章を創造しているかのような気配があります。読みやすく、わかりやすい。つかえがない。作品の冒頭部分の訳出にも同じような痕跡が見られるわけですが、それが、村上春樹さんの、少なくとも本作品における翻訳作業のスタンスであるような気がします。翻訳者が自身のイメージをフィルターとして差し挟むことで、多少ごつごつとした原文は角を丸くします。そのぶん読みやすさが増します（訳者のイメージの仕方によって、作品世界のありようが一変してしまうこともあります。これについては第十五章で触れたいと思います）。

けれども。けれどもそこには、言ってみれば、翻訳は翻訳でも、小説を映画化するような「翻訳作業」が介在していることが暗示されます。原作を読んだ人間が、その作品が映画になったのを観て大いなるイメージの差異に驚かされることがままありますが、それは、せんじつめれば他ならぬ私たち読み手自身も、物語を読む際に自らのイメージをつくりあげ、その場で新たに私たち一己の物語を書いていいることを、指し示します。そう考えれば、もちろん「翻訳」という作業が介在した物語を読む場合においても、あなたの目の前にある紙面には翻訳者によって書かれた物語が多かれ少なかれ映し出されている、と見るのが妥当でしょう。翻訳者の介在は、たとえばつぎのような、主人公のパーソナリティにも付着していきます。

「今日は何曜日?」
「木曜だよ」
「木曜日!」、彼女は立ち上がった。「大変だわ」と彼女は言った。そしてうめきながら、椅子にまた座り込んだ。「ああ、めげちゃう」

めげちゃう、です。『ティファニーで朝食を』に付された村上解説では、「読者の想像力を、結果的に狭めてしまう」という理由から、「本のカバーにはできれば映画のシーンを使ってもらいたくなかった」というコメントがありますが、この「めげちゃう」には、どうにも（映画「ティファニーで朝食を」で主人公を演じた）オードリー・ヘップバーンが想像されてしまいます。彼女は、「ローマの休日」などでも「めげちゃう」を連発していたような印象があるのですが、そう思っているのは私だけでしょうか。ちなみに、原文は'It's too gruesome'で、龍口訳ではほぼ忠実に、「まったくぞっとするわ」と訳されています。さらに村上訳ホリーはこんな物言いもします。

「飲んでないときには優しい人なんだけど、ワインを飲ませたら、そりゃもう、とんでもないケモノになっちゃうわけ」

「そのうちに疲れて、寝てしまうと思うの。まったくの話、寝ちゃわないわけにはいかないわよ。食事の前に八杯もマティーニを飲んで、象が洗えちゃうくらいワインを飲んだんだもの」

龍口訳にも「ちゃう」はなくはないのですが、「なっちゃうわけ」「寝ちゃわないわけには」「洗えちゃう」といったあたりは、どうにもオードリー・ヘップバーンの顔（とその細いうなじ）が目に浮かんでしかたがありません。

本を六十ページ読むくらいの時間

さて、「ティファニーで朝食を」は「短篇」ではなく「中篇《ノヴェラ》」であると断わっておきながら、以上の検証は作品の前半部分におおむね集中してしまいました。しかしながら、二人の翻訳者によるそれぞれの傾向は、物語の結末までほぼ一貫して続いていきます。もちろん、どちらの訳にもその訳者ならではの個性があり、たとえば村上訳で「おまる」とされている代物が龍口訳では「差込み便器」

（原文では 'a bedpan'）であったり、村上訳で「（私が）ランクを落とす」とされている表現が、龍口訳では「（私が）たそがれる」（原文では 'fade-out'）であったりするなど、確かに村上訳が現代的であるいっぽう、原文のトーンを大切にしている龍口訳にも醇美な味わいがあります。結論から言えば、二人の訳は甲乙をつけがたい。しかし、ひとつだけ言えることは、もし村上訳を読んでカポーティを好きになったという読者がいたとすれば、当然そこには訳者の力も介在しているでしょうが、本作品が持つそもそもの力をまず認識すべきです。言うまでもありませんが。

　蛇足になりますが、最後に、この作品のちょっとしたいたずらについて触れておきたいと思います。以下は村上訳です。

> まともな声で朗報を告げられる自信がなかった。だから彼女が眠そうな目をこすりながらドアを開けたとき、僕は相手の手に黙って手紙を押しつけた。その手紙を読み終え、僕に返すまでに、本を六十ページ読むくらいの時間がかかった気がした。

　語り手の「僕」に、文芸誌から作品掲載の報せが届き、それを「僕」が矢も楯もたまらずホリーに報告しにいく場面です。村上訳ではこの箇所が六十七頁にあります。新潮文庫版の龍口訳では七十五頁。原文では、ヴィンテージ版が五十二頁、ペンギンのポケット版が五十頁。さて、「本を六十ページ読むくらいの時間」というのは、実感覚ではどれくらい長い時間なのか。四冊の中では唯一村上訳が六十頁台で、このくだりが現れるタイミングと、それまでの読者のこの作品における読書量が対応しています。そこに、「本」から「読者」に向けてのフィジカルな仕掛けがあるような気がしてならない。はたして村上訳はそれを意識していたのか。そして何よりも、カポーティはそれを意識していたのか。二冊の原書では、「六十頁」に十頁ほどの差異がありますが、カポーティのオリジナル原稿においてそれはいったい何頁に位置していたのか、興味が尽きないところです。

（トルーマン・カポーティ「ティファニーで朝食を」＝新潮社版『ティファニーで朝食を』所収）

＊1　日本では『アラバマ物語』として映画が公開され、また邦訳も出版されていますが（菊池重三郎訳、暮らしの手帖社）、原題は“To Kill a Mockingbird”（『モッキンバードを殺すこと』）です。なお、邦訳は毎年四月になると必ず書店で売れます。『ライ麦畑でつかまえて』と同様、いまでも大学の米文学テクストとして多く使われていることが窺われます。

3　語り手の柔軟性——F・スコット・フィッツジェラルド「カットグラスの鉢」

秋の夕暮れの色に染まりつつある歩道に出ると彼女は、地位ある四十年配の御婦人の例に洩れず、いかにも何かが気に入らないような、不快感をかすかに漂わせた表情を顔に浮かべて通りを歩いた。

もし私がハロルド・パイパーだったなら、と彼女は思った。もう少し仕事に割く時間を減らして、もう少し家にいる時間を増やすわね。友達の誰かがそういうことをちょっと忠告してあげるべきだわ。

しかしもしフェアボルト夫人がその午後の訪問を「収穫あるもの」と考えていたとすれば、あと二分間の長居がもたらしたであろうものを彼女はきっと「大成功」と呼んだことだろう。というのは夫人の姿がまだ、通りの百ヤードばかり先に黒い影として見えているうちに、ひとりのとても顔だちのいい青年が、取り乱した様子でパイパー家の玄関先に姿を見せたからである。ドアベルに応えてパイパー夫人自身がドアを開け、ちょっと困ったような表情を顔に浮かべて、客を素早くライブラリに通した。

時代を写し撮る描写力

「カットグラスの鉢」はF・スコット・フィッツジェラルドの出世作『楽園のこちら側』と同じ一九二〇年の発表です。倦怠期を迎えつつある一組の夫婦が主人公で、妻には若い愛人がいる。いっぽう夫は、金物商社を経営しており暮らしは安定しているものの、新たな才気ある商売人の参入によって風向きが悪くなり、合併話が持ち上がる。合併先にうまく取り入ろうとしたパーティーで、娘のジュリーがカットグラスのボウルで指を切ってしまい、それがもとで敗血症になり、彼女は手首から先を失うことになる。また息子のドナルドも戦死してしまう、という『楽園のこちら側』同様、救いどころのない物語です。

ところで、海外文学作品を原書で読むきっかけは人によってさまざまだと思いますが、私の場合、最初に原書で一冊を読破したのはF・スコット・フィッツジェラルドの『グレート・ギャツビー』で、一九七〇年代なかば、それがとにかく流行っていた、というのがその動機です。もちろん原典は一九二五年に発表されたものですが、私たちの世代ならおそらく誰でも、高校生時代に映画「華麗なるギャツビー」[*1]に魅了され、ギャツビーと言えばすぐにロバート・レッドフォードの顔を思い浮かべるでしょう。七〇年代なかばには、『グレート・ギャツビー』のペーパーバックを（読みもしないのに）持って街を歩くのが言わばひとつのファッションでしたし、いまでこそ文学にしても音楽にしても「J」が主流になっていますが、当時は、『かもめのジョナサン』や、あるいは音楽で言えば「ホテル・カリフォルニア」（のLP）など、持ち歩くことにこそ意義があるという、つまり、若者がアメリカ文化を意味もなくつぎからつぎへと受容する、いまからすると信じられないくらいアメリカかぶれした時代でした（そのひとつ前の時代には、小林秀雄や吉本隆明、吉増剛造の本を小脇に抱え街を歩くのがファッションだったと言う人もいるようです。純和風です）。

そうした中、私も最初は単なる『ギャツビー』持ち歩き族でしたが、あるとき何かの拍子に、ふとその結末部分に読み入ってしまい、文字通りぐいぐいと引きこまれ、それなら冒頭からと、結果、通読するに至った経緯があります。ペーパーバックより廉価な文庫本が出ていたにもかかわらず、贅沢と言えば、あらゆる意味でこの上なく贅沢な経験でした。

そんな『ギャツビー』を二〇〇六年、村上春樹さんが新たに翻訳し話題になりました。名訳です。やられた！と思った人は少なくはなかったでしょう。『ハリポタ』を除けば翻訳文学が注目されることが少なくなった昨今ですが、同じく村上春樹さんが訳したJ・D・サリンジャー『キャッチャー・イン・ザ・ライ』以来の話題作と言ってもよかったでしょう。

F・スコット・フィッツジェラルドは言うまでもなく、アーネスト・ヘミングウェイ、ドス・パソス、ウィリアム・フォークナーらと同じ「ロスト・ジェネレーション」を代表するアメリカの作家で、一八九六年、ミネソタ州セント・ポール生まれ。父・エドワードは一流の血筋の出でしたが商才がからっきしなく、一家はアイルランド系資産家の娘・母モリーにおんぶに抱っこの生活を送りました。「平均より少し下の家庭で、平均より少し上の地域に住んでいた」と、後にフィッツジェラルドは自らの詩で幼少時を振り返っています。

その幼少時からフィッツジェラルドは類まれな文才を発揮し、小説や詩を学校新聞に発表するばかりでなく、地元の劇団のために芝居の脚本も書いていました。一九一三年にプリンストン大学に入学。そこでも創作活動を続け、それがやがて、『楽園のこちら側』（一九二〇年）へと結実していきます。五年後の一九二五年には、『グレート・ギャツビー』を発表し、アメリカ文壇にも相応の地位を築きます。『グレート・ギャツビー』にもよく表されているように、その作風を一言で言えば、一にも二にもアンチ・ハッピー・エンディングであり、いかんせん、彼の作品に登場するＷＡＳＰたちは没落への階段をひたすら転げ落ちる、つまりジャズ・エイジをはじめとするノンＷＡＳＰ文化台頭の時代を背景に、旧態依然としたＷＡＳＰ優生的な価値観をとことん否定しますから、当時のアメリカ支配階層からは少なからぬ反感を買ったものと思われ、ハッピーなストーリーでなければ採用できないと、出版社から書き直しを命じられることもしばしばあったそうです。そして、四の五の言わずに出せ、と言える立場になったことは存命中はいちどもなかった。彼が予見した通り、その間にＷＡＳＰ没落が現実のものとなってしまったことは、ここでは見逃せませんが。

フィッツジェラルドの文才は、このデビュー年に発表された短篇にも端的に見てとることができます。先の引用部分、「地位ある四十年配の御婦人の例に洩れず、いかにも何かが気に入らないような、不快感をかすかに漂わせた表情を顔に浮かべて通りを歩いた」という一文から、物語の背景となっている時代の、社会、文化、女性の生き方、それら全てがたちどころに伝わってきます。卓抜した表現力です。が、それくらいであれば、彼の右に出る作家はいくらでもいるでしょう。この時フィッツジェラルドは二十三歳、ということを考えたうえでも、です。

語り手のモラル

物語の語り手には、大別すれば、一人称の語り手と、天空から物語世界を俯瞰する第三者的語り手がいます。一人称の語り手（私、僕……）は、自分の目に映るものしか語らない、語れないというのが原則です。すなわち、「私」や「僕」で語られる物語に、「彼はそう思った」というような叙述がでてきてはならない。「私」に「彼」の思ったことが（彼がそれを口にしないかぎり）わかるはずはないのですから、正しくは、「彼はそう思ったと私は思った」になります。その意味では不自由で制約の多い語り手ですが、逆に、「私」「僕」を主体にし、その内面へとどんどん入っていけるというアドヴァンテージがあります。これに対して天空の語り手は、言わば全知全能です。当事者としてはその人物の内面に入っていくことはできず、したがって「私」「僕」に比べれば登場人物に切りこむ力は弱くなりますが、物語世界にあるあらゆる情報を彼は握っている。極端な言い方をすれば、今目の前に起こっている以外の情報を、突如、ポンと差し出してもルール違反にはならない。けれども、たとえば推理小説を考えればわかりやすいですが、犯人の目星がつき、いよいよその動機を究明する段になって、「実は、いままで伏せておいたが、その男は精神に障害をきたしていたのだ」などと万一突如言われてしまったら、読者の腰を砕いてしまうことは請け合いです。つまり、あらゆる情報を握ってはいるが、彼には相応のモラルというものが求められます。

ここで私は、何年か前のある日本の推理小説を思い出します。歌野晶午さんの『葉桜の季節に君を想うということ』。ベストセラーになり、「このミス！」でも一位になったので、皆さんの中にも読まれた人が多くいるかもしれません。それこそ、やられた！と思うこの推理小説は、語り手のモラルが問われる典型的な作品です。

物語のポイントは、他の推理小説同様、語り手が提供する「情報」にあるわけですが、その語り手である「俺」こと成瀬将虎は決して嘘はついていません。いや、むしろ、本当の部分を意識的に強調するように「俺」は語り続ける。ところが、彼にとって別段語るに足りない真実がこの推理小説を推理小説たらしめます。「情報」をどのような方法で開示しようと、それは推理小説の語り手の自由です。しかし、この小説の「俺」は少なくとも、嘘をつくことによって読み手を欺いてはいない。さらに、その核心にある真実が提示された時、なんだ、出し惜しみしやがって、という読み手のショックからくる逆ギレに対し、そんなこと俺にとっては当たり前だから言わなかっただけさ、とそれを合点させるだけの説得力にこそ、語り手のモラルが問われるのです。これ以上言うと推理小説の種明かしになってしまうのでここまでにしておきますが、つまり、語り手がモラルを欠けば、読み手は当然ながら裏切られた気分になり愛想を尽かす、ということです。ちなみに、この推理小説は映像化がゼッタイに不能です。余計なことを言ってしまいました。

語り手のモラルは、作中のどの人物に彼が焦点化するか、ということにおいても無論求められます。焦点化とは、語り手が登場人物のうちの誰かの視線にその視線をあわせることで、通常の物語であればもちろん、主人公が焦点化されます。語り手が視線をあわせる人物がつぎつぎに変わっていってしまえば（意図的にそうした手法をとる物語も多くありますが）、読み手は、作品を読みながら誰に焦点化（感情移入）すればよいか、大きく混乱する（物語の道に迷う）ことになるでしょう。

そこでもういちど、「カットグラスの鉢」のテクストに注意を向けてみましょう。

物語の主人公は一組の夫婦、ハロルド・パイパーとイヴリン・パイパーです。ところが、先の引用の前半部分において語り手が焦点化しているのは、「もし私がハロルド・パイパーだったなら、と彼女は思った。もう少し仕事に割く時間を減らして、もう少し家にいる時間を増やすわね。友達の誰かがそういうことをちょっと忠告してあげるべきだわ」と表される通り、彼ら夫婦の家を訪ねてきた客人、フェアボルト夫人です。と言うか、「カットグラスの鉢」という作品そのものが、冒頭の語り手による前口上が済んだ後、「詮索好きなロジャー・フェアボルト夫人が、美しいハロルド・パイパー夫人の家を訪れた頃には」と本文が書き出され、主人公ではない、また作品全体にとってさほどの影響力も持たないフェアボルト夫人の視点から始動します。ということは、語り手はどこかで焦点化の対象を擦りかえる必要に迫られる。それが、まさに引用部分です。

「友達の誰かがそういうことをちょっと忠告してあげるべきだわ」とフェアボルト夫人に寄り添っていた語り手は、直後に、天空へと舞い上がり、「夫人の姿がまだ、通りの百ヤードばかり先に黒い影として見えているうちに」と、夫人を上空から見下ろします。そこで咄嗟にフェアボルト夫人から視点を切り替え、「ひとりのとても顔だちのいい青年が、取り乱した様子でパイパー家の玄関先に姿を見せた」と続ける。まるでカメラが最初はフェアボルト夫人を追っており、それが一度引かれ、そしてつぎの瞬間にはパンし、「顔だちのいい青年」に急に寄っていくかのようです。そこに、「不快感をかすかに漂わせた表情を顔に浮かべて通りを歩いた」という記術同様の、フィッツジェラルドの図抜けたビジュアル感覚を見ることができます。この作家は明らかに映画をつくるような感覚で小説を書いている、というのが伝わってきます。さらに、青年に向けられたカメラは、彼の動作（挙動不審な振る舞い）を追いつつ（「取り乱した様子でパイパー家の玄関先に姿を見せた」）、つぎにするりと主人公のパイパー夫人に焦点を切り替え（「ドアベルに応えてパイパー夫人自身がドアを開け」）、立て続けに彼女にぐんと寄っていく（「ちょっと困ったような表情を顔に浮かべて」）。この焦点移動の離れ業を見事と言わずして何を見事と言おうか、というほど見事です。

ところで、そうした語り手の柔軟性は、以下のようなところにも見てとれます。

朝ホテルを出るとき、マイケルのきりっとした横顔と明るい人格にぞっこんの部屋係の女中《ファムドシャンブル》は、彼が放心状態に陥っていることに気づいた。彼は朦朧とした頭で銀行まで歩き、リヴォリ通りのスミス書店でミステリーを一冊買った。ツーリスト・オフィスのウィンドウの中の色褪せた戦場の模型《パノラマ》を相憐れむような目でしばらく眺め、彼に毒にも薬にもならないエロ絵葉書の束を半分だけ見せ、旦那これは絶品ですぜと言って売りつけようとするしつこいギリシャ人を追い払った。

これは、「カットグラスの鉢」と同じ『バビロンに帰る』（中公文庫版）に収録された「結婚パーティー」（109頁）からの引用です。

何が問題かと言えば、語り手はいま主人公のマイケルに焦点化しており、マイケルの視点で町（パリ）を見ていますが、なぜ彼には、彼に「エロ絵葉書の束」を見せたのが、「ギリシャ人」だとわかるのか？　フィッツジェラルドに限らず欧米の文学作品を読んでいると、そうした記述に出くわす機会が往々にしてあります。はて。西洋人なら全て同じに見えてしまう日本人だから、相手の顔を見、あるいは言葉を聞いて、その人物が何人かわかるのが不思議に思えるのでしょうか。否、そんなこともないでしょう。西洋人にしてみても、私たちが東洋人の国籍を瞬時に識別できないのと同様、相手が何人であるかは、実際にその人物が自己申告するまでは確証できない、というほうが自然です。ならばどうして右の引用では、さも自信満々にその人物がギリシャ人だと断じられるのでしょうか。

なぜならそれもまた、天空にある語り手の権利だからです。彼は全知全能です。たとえ焦点化するマイケルの目にはそれが何人か識別できなくとも、語り手はそれを知っていて何ら矛盾はない。すなわち、マイケルに寄り添うことを装いつつ、この語り手はしっかりと彼自身のポジションをわきまえている。それもまた、語り手の柔軟性です。ただし、フィッツジェラルドはべつにして、一人称の語りでこれをやってしまうケースも多くある。その際読み手はその語り手を疑ったほうがよろしい。天空の語り手が駆使するこうした手法を、彼は当たり前のこととして、自分でもできると思っているフシがある、と。着物を着ているなど、その外見から国籍が特定できるならいいですが、そうした根拠もなく特定をするのは、一人称の語り手にして明らかな越権行為です。

書き手の声をまぶすテクニック

「カットグラスの鉢」に戻りましょう。

「親指なの！」とジュリーは言った。「あああ、痛いよう」

「あのボウルなんですよ、あれです」とヒルダは申しわけなさそうに言った。「サイドボードを磨くあいだちょいと床の上に置いといたです。そこにお嬢ちゃまがやってきて、それで遊んでいたです。そこで指をちょっと切っちまったですよ」（中略）

「いい子ね！」とイヴリンは言って、娘にキスをした。しかし部屋を出ていく前に彼女はヒルダに向かってもう一度非難がましい視線を向けた。なんて不注意なのかしら！　まったく最近の使用人といったら。まともなアイルランド人の女中が手にはいればいうことないんだけれど、今では無理な相談。スウェーデン人ときた日には――。

娘のジュリーが手首を失うことになる事故の場面です。この後、パーティー用のパンチを入れるボウルを大きいものにするか小さいものにするかで夫婦は少々もめる。酔っぱらいに家の中を無茶苦茶にされたくないと欲する妻に対し、量があったほうが場が華やぐと主張する夫。結果、妻は夫に押されて大きいボウルを使うことになりますが、パーティーが始まり案の定、客たちがしたたかに酔っている傍らで、ジュリーの親指が大きく腕首まで腫れ上がります。「旧石器時代があり、新石器時代があり、青銅器時代があり、そして長い年月のあとにカットグラス時代がやってきた」とこの作品は書き出されますが、一九〇〇年代はじめの贅沢さを象徴するそのカットグラスは、作品において、このように不吉なものとして扱われます。

ところで、引用の終わりに注目してみましょう。カットグラスが持てはやされていた時代、アメリカへの後発移民であった北欧系の人々は、まだ蔑まされる地位にあったことが窺われます。アメリカの奴隷制度と言えば黒人がすぐに思い浮かびますが、北欧系の白人もまた多くがそうした制度下に置かれていたというのは史実です。「スウェーデン人ときた日には」というイヴリンの思いに差別が読みとれるとともに、かたや、どうやらアイルランド系の女中は人気が高く（したがっておそらく時給も高く）、かなりの売り手市場になっていることが読みとれます。けれども、その時代にはまだ、アイルランド系移民もまたそうした職業に従事しなければ生活できない地位に甘んじていたのがわかります。さらに、その状況から解放されつつあることも。

フィッツジェラルドの母はアイルランド人でしたが、その父が食料品卸業者として成功を収めていた。しかしながら、一家の周辺には恵まれないアイルランド人も多くいたことでしょうし、その意味で、「アイルランド人の女中が手にはいればいうことない」というのは、語り手の冷静な状況分析と言うよりも、作者フィッツジェラルド自身の、母なる国アイルランドへのオマージュにもとれます。それを、彼自身の感情を剥き出しにすることなくさらりとやってしまうところにもまた、フィッツジェラルドの巧さがあります。つまり、書き手（行為主体）は高みから抑制を利かせながら、語り手（発話主体）を柔軟に操っているかのような気配があります。

駆使されるイメジャリー

さて、物語の終盤では一挙に十年が経過します。ジュリーは十三歳になっており、また、四十六歳になったイヴリンも「三十代前半に彼女の美貌がまだためらいがちに留まっていたのだとしたら、それは少しあとで突然決心したように、きっぱりとそこから去っていったということになるだろう。様子をうかがうように姿を見せていた皺は突然ぐっと深くなり、脚や腰や腕には急速に肉がついてきた」と。そんなある日の夕食後にイヴリンがくつろいでいると、使用人のマーサが彼女のもとに近づいてきて、手紙をなくした、と言います。午後の最後の便で届いた手紙をどこかに置き忘れてしまったらしい。マーサが「広告の手紙とか、ビジネスの手紙」と言う、その細長い封筒のありかを、イヴリンはしかし即座に嗅ぎ当てます。彼女には、

どんな手紙なのかも、直感でわかる。広告の手紙のように細長いのだが、上方の隅には大きな字で「陸軍省《ウォー・デパートメント》」とある。そしてその下に小さな字で「公用郵便」と。（中略）そこにボウルはあった。電灯の明かりを反射して、黒い縁に囲まれた緋色の矩形があり、青い色の縁に囲まれた黄の矩形があった。

それが息子のドナルドの死の報せであったことは言うまでもありません。またもや、不吉さはカットグラスのボウルの中で息を潜めていたのです。

「どうだい、今回は君を直接傷つける必要はなかった。そんなことをするまでもない。君は知っているね、君の息子を奪ったのがこの私だということを。私がどれくらい冷たくて硬くて美しいかは君も知っているだろう。何故なら君だってかつては同じくらい冷たくて硬くて美しかったのだから」

ボウルは突然ぐるりとひっくり返ったように見えた。そしてそれはどんどん膨らんで大きくなり、ついには大きな天蓋のようになり、部屋の上に、家の上に覆いかぶさって、燦然と輝きなが

ら震えていた。

一九六〇年代のポストモダン文学の作家たち、また一九七〇年代のラテンアメリカの作家たちが多用した手法をフィッツジェラルドは一九二〇年、二十三歳の時に早くも使っていました。無生物・無人格であるはずのガラスのボウルがいきなり語り始め、膨れ上がっていく。それはつまり、小説における「イメジャリー」です。読み手の五感的経験を刺激しようと、現実的にはありえない幻影的な場面をテクストに差し挟む。一歩誤れば稚拙な表現になりかねないその手法ですが、フィッツジェラルドは、直後に特上級の絶望的なクライマックスを用意することによって逆にイメジャリーを、リアリティをいっそう強く引き寄せる道具として柔軟に使いこなすのです。物語のエンディングです。

月光に照らしだされた街路じゅうに、じっと動かないその黒いもののまわりに、何百という数のプリズムやガラスのかけらや薄い破片が飛び散り、そしてそれらのひとつひとつが光を受けて、青や、黄色に縁どられた黒や、黄色や、黒に縁どられた緋色の小さな煌めきを放っていた。

（F・スコット・フィッツジェラルド「カットグラスの鉢」＝中公文庫版『バビロンに帰る』所収）

「もの、」とは無論、主人公イヴリン・パイパーです。

＊1　ジャック・クレイトン監督による一九七四年の作品（フィッツジェラルドの『グレート・ギャツビー』は、これが三度目の映画化でした）。主演はもちろんギャツビー＝ロバート・レッドフォード、デイジー＝ミア・ファロー。脚本はフランシス・コッポラでしたが、実は、当初脚本家に予定されていたのは、前章でとりあげたトルーマン・カポーティでした。

4

目に見えるものだけを語るということ
——レイモンド・カーヴァー「ダンスしないか？」

「なんか変な感じだなあ」と彼は言った。「家に誰かいるか見てきた方がいいんじゃないかな」

彼女はベッドの上でぴょんぴょんはねた。

「その前に試してみれば」と彼女は言った。

彼はベッドに横になり、頭の下に枕をあてた。

「どう？」と彼女が訊ねた。

「なかなかしっかりしてるね」と彼は言った。

彼女は横を向いて、彼の顔に手を置いた。

「キスして」と彼女は言った。
「もう起きようぜ」と彼は言った。
「キスしてよ」と彼女は言った。
彼女は目を閉じて、彼に抱きついた。
「誰か人がいるか見てくるよ」と彼は言った。
しかし彼はベッドの上に身を起こしただけで、テレビを見ているつもりになっていた。
通りに並んだ家々の明かりが灯りはじめた。

ミニマリズム文学

娘がしきりに若者にキスを要求しているのに男はそれを相手にしていないようですが、なぜ相手にしないのか、また、結局キスをしたのかどうかについても、語り手は一切触れません。が、おそらく彼らはキスをしたであろう。いや、それはもしかしたらキス以上のものであったかもしれない。と、そこで私たちは想像をたくましくします。なぜなら、引用部分の最後の二行の行間には、時間経過があったような気配が漂っている。この直後に、娘は若者に向かって「ねえ、もしこうだとしたらおかしいでしょうね？　もしさ……」と言って笑みを浮かべます。しかし、もしどうなのか、は明かされない。それにつられて笑った若者も「何かがおかしくて笑ったわけではなかった」。彼は、特に理由もなく読書灯をつけ、娘は手で蚊を払う。それをしおに若者は、シャツをズボンにたくしこむのです。

ここには性的なイメージが隠されていると読むべきでしょう。けれども、はっきりとしたことは、私たちにはまるでわからない。そして、その「わからない状態」（主体を語り手に換えれば「言い落とした状態」）は、この作品全体を通し終始持続されていくのです。そう今回は、フィッツジェラルドとは打って変わり、情報を開示したがらない、言わば寡黙な語り手にまつわる作品解読です。

レイモンド・カーヴァーの「ダンスしないか？」は一九七八年の発表。邦訳版では『愛について語るときに我々の語ること』他に収録されています。引用はその冒頭部分ですが、これ以前に、一組の若いカップルがベッドを試す、その家の主が家の中のものを洗いざらい庭に出し、買い物に出かけるくだりがあります。

その前に。カーヴァーは一九三八年オレゴン州生まれ。高校卒業後十九歳で最初の結婚をし、製材所やテキスト出版社などに勤めながら家計を支えつつ執筆活動を続け、しかし、極度のアルコール依存症から仕事も小説も、そして家庭も長続きはしませんでした。一九七三年、短篇小説の名手ジョン・チーヴァーのもと、文芸創作教育で著名なアイオワ大学で教鞭をとりますが、教育よりも飲酒に熱心な教授陣にとり囲まれ、ここでも彼はアルコール依存症から抜け出せずにいます。学生を前に、九十分の授業まるまる「うう。昨夜はただの一行さえ書くことができなかった。うう」と呻き続ける先生もそこには少なからずいたようです。一九七七年、意を決しアルコール中毒者の治療施設に入って更生し、以降は勢力的な執筆活動に入ります。同年刊行の『頼むから静かにしてくれ』が全米図書賞候補となり、また、同じ頃、最後の妻となる詩人テス・ギャラガーとも出会います。カーヴァーの名を世に広く知らしめたのは、一九八三年の短篇集『大聖堂』で、これはピューリッツアー賞候補にもなりました。一九八八年、肺癌のために死去。それまでずっとパートナーであり、お互いの作品の第一読者として生活を共にしてきたテス・ギャラガーと入籍したのは、死の一ヶ月半前でした。カーヴァー自身、ロワー・ホワイトの出で、またそうしたクラスに属する人々の日常を書き綴ってきましたが、ギャラガーもまた、「カーヴァー・カントリー」という写真集の中の「ギャラガーの歯型」という写真を見る限り、上流とは程遠い家の出だったようです（つまり、他人の歯並びのことを言える柄ではないが、彼女の歯並びは極端に悪い。アメリカでは、中流程度の家庭であれば、子供の歯並びを必ずと言っていいほど矯正します）。

カーヴァーの作風を一言で言い表す時、「ミニマリズム」という言葉が使われます。本人は「ミニマリスト」と呼ばれるのを好ましく思っていなかったらしいですが、彼の作品が大いに受け入れられた一九七〇年代終盤から一九八〇年代にかけて、アメリカは空前の短篇小説ブームの中にありました。その社会的背景には、長引く不況に加え、依然断ち切ることのできないヴェトナム後遺症があり、それは、長大な物語を買い求める経済・精神両面のふところが人々から失われていた時代であったと言うこともできます。そうしたブームの中心にあったのが、カーヴァーを代表格とする、フレデリック・バーセルミ、トバイアス・ウルフ、アン・ビーティらの「ミニマリスト」たちです。

最近ではめっきり影が薄くなった「ミニマリスト」たちですが、二〇〇五年、「ニューヨーク・タイムズ」紙は、アン・ビーティの同年刊行のミニマリズム的短篇集 "Follies"（『愚行』）を、年間ベスト文学作品百選のひとつに選びました。上位十選には村上春樹『海辺のカフカ』（英訳版）も含まれていましたが、わが国にも伝わってくるアメリカの文芸ニュースに、アン・ビーティの名前を見るのは、実に久しぶりのことでした。

ビーティは一九四七年ワシントンDC生まれ。日本で言うところの団塊世代にあたる戦後フラワー・チルドレン世代です（ヴェトナム戦争の頃、髪に花をさし、花柄模様の衣服をまとい反戦を唱える若者が多かったことからそう名づけられました）。一九七六年、二十九歳の時に発表した "Chilly Scenes of Winter" で作家としての地位を築き、その後 "Falling in Place"、"Love Always" をはじめとする長篇、"Secrets and Surprises"、"The Burning House"、"Where You'll Find Me" などの短篇集で、押しも押されもせぬアメリカを代表する女性作家になりました。わが国でも "Love Always"（『愛している』）や "The Burning House"（『燃える家』）、"Where You'll Find Me"（『あなたが私をみつける場所』）他が邦訳されています。

言ってみれば、いまやそのビーティが背負って立つミニマリズムですが、「ミニマリズム」という言葉自体は、もともと一九六〇年代にマンハッタンで流行した造形芸術の用語で、過剰な装飾を徹底的に排する創作作法をそう呼びました。カーヴァーは文学の教えを乞うたジョン・ガードナーから「25ワードで書こうとするものがあれば、それを15ワードで書くように努めろ」と指導され、さらには「エスクワイア」誌で長いこと彼の担当編集者だったゴードン・リッシュは、さらにそれを「5ワードにしろ」と詰め寄ったらしい。ただし、その頃にはまだ「ミニマリズム」という言葉は文学には使われていなかった。それが文学にも使われるようになったきっかけは、ポストモダン文学を代表する作家ジョン・バースが、一九八六年暮れの「ニューヨーク・タイムズ」紙別刷の書評欄でこのミニマリズムをとりあげた、と言うか、ヤリ玉にあげたことによります。以降、皮肉なことに、逆にその用語は、文学の内側のみならず社会的にも定着することになりました。

バースによる指摘も含め、ミニマリズム文学の特徴として、

- 短い単語、文章、パラグラフ
- 修辞語を削ぎ落とす
- 完全文の回避
- 複雑な従属節を使わない
- 比喩的言語を排する
- 感情を篭めない修辞法
- 極小の道具立て、極小の動き、極小のプロット

などがあげられます（ジョン・バース／岩元巌訳「ミニマリズムについて」～「ユリイカ」一九八七年十月号、94～101頁参照）。

たとえば、レイモンド・カーヴァーのつぎのような一文は、それらをわざとらしいまでに実践して

いるかのようです。「Ｗｏｒｄ」にカーヴァーの文章を打ちこむと、必ずと言っていいほど、緑の線が方々に引かれる羽目になります。

There was a bed, a window. The covers were heaped on the floor. One pillow, one sheet over the mattress.

（Raymond Carver, 'Collectors'）

そこにはベッドが一つと窓が一つあった。布団は床の上に積み上げてあった。マットレスにはシーツが掛かり、その上に枕が載っていた。

（レイモンド・カーヴァー／村上春樹訳「収集」、文春新書版『翻訳夜話』125頁）

さらに、ミニマリズム文学の物語世界の特徴として、

- 登場人物たちの周辺はアメリカ的でジャンクな固有名詞に充ちている
- 自分の家から半径何百メートルか以内であらゆる物語は完結する
- 家庭は決まって崩壊しているか、ないしは崩壊の途上にある

他がしばしばあげられます。そうした文学は、「ジャンク」をもって「ダーティー・リアリズム」とも「Ｋマート・リアリズム」とも、あるいは「ローカリズム」をもって 'hick chic'[*1] とも呼ばれました。

八〇年代ミニマリズム文学を代表したもう一人の作家フレデリック・バーセルミの'Chroma'の一節を見てみましょう（訳・筆者）。フレデリック・バーセルミは、言わずもがな、カーヴァーも大いに評価したポストモダン作家ドナルド・バーセルミの弟で、日本でも出世作の短篇集『ムーン・デラックス』が一九九一年に邦訳刊行されています。八〇年代には「アメリカの村上春樹」と目されるほど（と言っても、私が勝手にそう目していただけですが）、若者の支持を得ていた作家です。

アリシアは週末をボーイフレンドのジョージと過ごしている。それはぼくたちの新しいシステムの一部だ——彼女は二週間にいっぺんの週末とその間の幾晩かを彼と過ごす。残りの時間はぼくと一緒だ。最初このシステムを始めた時、ぼくは実際気が狂うんじゃないかと思った。事実、彼女をひっぱたいたことだってある。彼女がぼくを捨て去るのは目に見えていた。けれども、いざ始まってみると彼女にはぼくをおいてきぼりにする気なんてちっともないのがわかった。彼女はぼくと一緒にいたかったのだ。彼女が言うにはジョージに会ったのは運命みたいなもので、アクシデントで、予期しなかったことなのだ。たぶんぼくはそれを受け入れたのだと思う。すると急に二週間にいっぺんのぼくひとりだけの週末が待ち遠しくなってきてしまった。静かだし、部屋は片づいているし、いろんなものが混ぜこぜになることもなければ、彼女のスケジュールにあわせる必要もない。それはまるでぼくとジョージが共同で彼女の面倒をみているようなものなのだ。

先の指摘のうちの二つ目と三つ目の世界に、どっぷりと浸かっているのがわかります。でも、そのどこが悪いのでしょう。前述しましたが、当時のアメリカは、そのような文学が書かれる、そうした社会状況にどっぷりと浸かった時代だったのです。

表層だけを切りとる

私がレイモンド・カーヴァーという作家を初めて知ったのは、一九八三年にサン・フランシスコの書店で勧められ、先述した短篇集『大聖堂』を購入した時で、そのいままで触れたこともないような不可思議な作品世界に大いに感動を覚えつつ、書店員のアドバイスにただただ感謝したのをよく覚えています。だって、そんな作家、日本人が知るわけないものな、しめしめ。もしかしたら、日本の出版社に売りこめるかもしれない、とまで本気で考えました。ところが、直後に「タイム」誌に書評が掲載され、カーヴァーという作家がにわかに全米で脚光を浴びていることを知るとともに、なんと、その書評の直前に日本ではもう翻訳書が出されていることを聞かされ、天地動転の驚きに見舞われることになりました（それが、後に私が『カーヴァーが死んだことなんてだあれも知らなかった』という本を書いた原動力にもなっています）。日本へのカーヴァーの紹介者は、言うまでもなく村上春樹さんです。初邦訳作品（作品集）は、『ぼくが電話をかけている場所』。村上訳ということで、たいそう評判になりました。私にとっては痛恨の極みでしたが、村上さんのアンテナ力にいたく感心するとともに、いま思えば、まさにその時が、レイモンド・カーヴァーという一人の作家が文学の表舞台に現れた瞬間であり、それからわずか五年で逝ってしまったわけですから、そこに行き着くまでの彼の人生を思えば、実に短い表舞台だったということになります。

さて、「ダンスしないか?」のテクストに戻りましょう。

カップルが「きっとヤード・セールよ」とそこに出された家具や電気製品を吟味し買うものの目星をつけていると、サンドイッチとビールとウィスキーが入った紙袋を抱えた家の主が帰ってきます。

「誰もいないみたいだったから」と若者は言った。「ベッドが欲しいな。それからできればテレビも。デスクもいいですね。ベッド、いくらで売るんですか?」

「五十ドルってとこだね」と男は言った。

「四十でどう?」と娘が訊ねた。

「四十で手を打とう」と男が言った。

彼は段ボール箱からグラスを出し、くるんでいた新聞紙をとった。そしてウィスキーの栓をあけた。

「ドル」を「ワード」(語数)に替えると、男の何やら捨て鉢なものの言いかたに、ガードナーやリッシュとのやりとりにおけるカーヴァー自身の姿が浮かび上がってくるようですが、それはさておき、カップルは他のものも値踏みしつつ、男に勧められるままにウィスキーを飲みます。やがて彼らの酔いがまわってくると、主が娘に「君たちダンスすればいいのに」と提案します。すっかり酔ってしまった若者はそれを拒むが、娘が男と二人で、古びたプレーヤーで「しょうもないレコード」をかけながらダンスする。「ダンスしないか?」は、ただそれだけの物語、です。

家財道具をことごとく庭に出しサンドイッチとアルコールを買ってくる、というところに、男の家庭が崩壊し、彼がなかばやけっぱちになっていることが窺われます。けれども語り手は、彼がそうなったことへの経緯については(全知全能なのだから知っているはずなのに)何ひとつ語りません。さらに、エンディングはつぎのようになります。

何週間かあとで、彼女はそのことについて語った。「中年の男よ。家財道具一式を庭に並べてたの。マジで。それで私たちぐでんぐでんに酔っ払ってね、ダンスしたの。車寄せでよ。本当の話。笑わないでよ。その人がここにあるレコードをかけてくれたの。このレコード・プレーヤー見てよ。そのおじさんが私たちにくれたの。このしょうもないレコードもぜんぶ。まったく、もう」

彼女は会う人ごとにその話をした。しかしそこにはうまく語り切れない何かがあった。彼女はそれをなんとか言い表そうとしたのだが、だめだった。結局あきらめるしかなかった。

そこでも語り手は、娘が抱える消化しきれない何かを、読み手に対して消化しきれないまま投げ出します。フィッツジェラルドの語り手が、その知識と見識を駆使し物語世界の天空を柔軟に動きまわるのに対し、カーヴァーの語り手はまるで物語世界の片隅に引きこもるかのように、言葉を換えれば、天空からではなく、どこか登場人物たちと同じ地平で、目に映るものだけを読み手に差し出しているかのようです。

言うまでもなく、それは映像的な効果をもたらします。つまり語り手は、手に握ったカメラによってそこにあるものを映し出すことだけに努め、余計な口出しをしない。それは、ナレーションや説明のための字幕が入らない映像作品と構造を一にします。したがって、読み手はごくスムースにテクストからイメージを構築することができますが、いっぽうで、そのイメージが何を表すか、その深奥にあるメッセージを明らかにしようと、作品を読み終わった後もまだまだ読書を続けなければならない。

それがすなわち、ミニマリズム文学の最たる特徴です。表層だけを切りとり描くことによって、表現的にはミニマルで舌足らずな世界を読み手とともに膨らましていくことを、それは目論みます。その際もちろん、切りとるべき表層には本来深い意味があるべきです。なぜなら、それがなければ、テクストに抽入されるのは、文字通りただの表層になってしまう。そのとき、イメージは奥行きを伴いません。ミニマリズム文学が何を指向したか、もうお気づきでしょう。「ダンスしないか?」の結末において、カップルの女の子はそのヤード・セールで起こったことを第三者に伝えようとしますが、「そこにはうまく語り切れない何かがあった。彼女はそれをなんとか言い表そうとしたのだが、だめだった」。そうです、彼女のこの行為が象徴するもの、それは「言葉にならない何か」でありつつ、「言葉にしてはならない何か」です。あるイメージを言葉にしてしまうと、たちまちそのイメージは言葉に呑みこまれてしまう。そうではなく、イメージのままにおけるコミュニケーション——書き手と読み手との——の持続。それは言ってみれば「文学」のコミュニケーションのあり方そのものではありますが、ミニマリズムはそうしたコミュニケーションを、言葉の数を絞りこむことによって、究極なまでに突きつめることを指向したのです。

アメリカの豊かな生活?

そもそもミニマリズム文学は、文学史的にみれば、語り手があまりにも雄弁で、なおかつテクストの外部へと安易に越境を試みる六〇年代ポストモダン文学へのアンチテーゼとして生まれたと言っても良いでしょう。ポストモダン文学も、初期においては、そうした虚構の虚構性を常に強化していくことによって、虚構界から現実へと痛烈なメッセージを発信することを目論みましたが(それは六〇年代という時代に、文学がアメリカの政治・社会に対峙するという重要な役目の内にありました)、やがてメッセージ性が薄れ、単なる言葉遊びや、あるいは無意味なプロットのこね回しへと堕していった経緯があります。いっぽうミニマリズム文学も、視覚性に頼りすぎれば、重みのない、薄っぺらなテクストだけが大量生産される危険性を孕んでいました。事実、カーヴァーに追従した多くの若い作家たちがその過ちを犯してしまい、八〇年代の終わりになるとミニマリズム文学は、ほぼアウト・オブ・ブームになってしまいます。とあいまって、一九九一年の湾岸戦争では、アメリカは敗戦国という汚名を返上し、直後に（軍事産業の再拡大を背景に）経済が飛躍的に回復しました。つまり、ヴェトナム後遺症にも国家的に終止符が打たれたのです。

ヴェトナム以降の疲弊感や無重力感を漂わせていたミニマリズム文学への支持がそこで完全に断たれたことは想像に難くありません。したがって結果的には、アメリカのミニマリズム文学は、カーヴァーとともに生まれ、カーヴァーとともに去った、ということになるのかもしれませんが、ピンクニー・ベネディクトをはじめとするカーヴァーの後継作家たちによってそれは脈々と継承されており、アン・ビーティの復活の兆しはある意味、アメリカが好況の時代を終え、さらに前大統領ブッシュの対外政策が泥沼化した中、再びあのヴェトナム時代の悲劇が呼び覚まされていることの証ともとれます。

ところで、「ダンスしないか?」を私たち日本人はどのように読むでしょうか。

「ヤード・セール」というアウトドアなイベントをもって、私たちはややもすればそこに何らかのファッション性を感じないでしょうか。アメリカの家庭の広い庭、そこで仲睦まじく家具を物色するカップル、家具の値段に頓着しない売主。憧れてさえしまいそうな、アメリカの豊かな生活です。しかし、果たしてアメリカ人はそう読むか、ということを私たちは、海外文学に向かおうとするとき、常に考えなければいけません。それが、言ってみれば、「比較文学」という学問です。

私たちの眼前に差し出されているのは、崩壊した家庭であり、スーパーの紙袋にサンドイッチとビールとウィスキーを入れ胸の前に抱えている中年の男であり、さらには、中古家具をもって自分たちの生活を充足させようとする若者たちです。この作品が書かれたアメリカにおいては、それらは決して豊かさの証ではない。否、それどころか、そこには退廃のイコンすら満ち溢れています。

余談になりますが、「ダンスしないか?」には、少々気になる小物が登場します。


若者は小切手に数字を書きこんでいた。

「これ」と言って娘は一枚取った。レコードのラベルに書いてある名前は知らないものばかりだったので、あてずっぽうに選んだ。彼女は椅子から立ち上がり、また座った。なんだか落ち着かない気分だった。

「小切手は持参人払いでいいですね?」と若者が言った。

「いいとも」と男が言った。


はて。「持参人払い」の小切手とは何なのか。原文を照合すると、

"I'm making it out to cash," the boy said.
"Sure," the man said.

とあります。「持参人小切手」は、いわゆる日本では主流の小切手で、受取人の名前が書かれておらず現金同様の扱いをされますが（落としたらおしまい、です）、物語で若者が使っているのは、アメリカのパーソナル・チェック[*2]で、'pay to the order of' という受取人を記入し特定する欄が必ずあります。若者は、その欄をブランクにしたか、あるいは 'Cash' としたと考えられますが、とりもなおさずここで重要なのは、若者は男の名前を聞こうとしなかった、ということでしょう。人と出会えば何よりもまず、互いの名前を確認しあうアメリカで。そこにも確実に、退廃のイコンがあります。

（レイモンド・カーヴァー「ダンスしないか？」＝中央公論新社版・村上春樹翻訳ライブラリー『愛について語るときに我々の語ること』所収）

＊1 'hick chic' は、直訳すれば、「田舎者のひよっこ」です。

＊2 日本のような銀行振込制度がないアメリカでは、公共料金の支払いなどにはパーソナル・チェックを用いるのが普通です。毎月毎月小切手を切り郵送しなければならないので面倒と言えば面倒ですが、金額を確かめてから、人に任せるのではなく自分の手で支払いをする、というアメリカならではの生活習慣とも言えます。

5　短篇小説の本質――イーサン・ケイニン「慈悲の天使、怒りの天使」

「なにしろみんなで気が触れたみたいに飛びまわっているんだ。いちいち数えられないよ」

「攻撃してくるの?」

「いや、そんなことはないけど、とにかく出ていってもらいたいよ」

「デンバーからそっちの鳥を追い払うことはできないよ」

彼女はしばらく考えた。「私がデンバーに行ったわけじゃないよ」

彼は電話口で小どものように大きくため息をついた。彼はデンバー総合病院で医局長をやっている。「僕が言いたいのはさ」と彼は言った。「僕がコロラドでほうきを持って、ニューヨークの母さんのアパートの部屋から鳥を追い払うことはできないってことだよ」

デンバーからそっちの鳥を追い払う

主人公は、ニューヨークのアパートに独り住む老婆エリナー・ブラック。彼女の七十一歳の誕生日のその当日に、真っ黒で汚い鳥が大挙をなして窓から部屋に飛びこんできます。まるでヒッチコックの「鳥」のような、のっぴきならない事態です。右の引用は、エリナーがデンバーに住む息子のバーナードに電話をして、事のあらましを告げる場面です。ニューヨークは朝の七時ですが、デンバーはまだ五時。病院に勤めるバーナードは、貴重な睡眠時間を妨げられ苛立ちを抑えきれない精神状態であることは言うまでもないでしょう。この電話を切る際にエリナーは息子に対して「ほかに何か言いたいことはない?」と訊くのですが、息子は「べつに」と答えるだけです。無論彼女は、彼に「ハッピー・バースデイ、ママ」のひとことを言ってもらいたかったのに違いありません。

イーサン・ケイニンは一九六〇年、ミシガン州の出身。八〇年代には、デイヴィッド・レーヴィット[*1]やジェイ・マキナニー[*2]、ブレット・イーストン・エリス[*3]、タマ・ジャノヴィッツ[*4]、マイケル・シェイボン[*5]らと共に、「ニュー・ロスト・ジェネレーション」を代表する作家の一人と目されていました。その「ニュー・ロスト・ジェネレーション」とは、もちろん第二章で触れたフィッツジェラルドやヘミングウェイ、フォークナー、ドス・パソスら、一九二〇~三〇年代の「ロスト・ジェネレーション」に「ニュー」をつけたもので、先代が、それまでのアメリカの伝統的な宗教的価値観と、二十世紀になってからの新しい政治・経済的価値観の間で文字通り「ロスト」になり、一時期アメリカを離れ、パリに芸術の香りを求めたりしたのに対して、ヴェトナム戦争以降の、アメリカ社会自体が「ロスト」であった時代に生まれ育ってきた自分たちを半ば揶揄して「あらかじめ失われた世代」と呼んだようです。ようです、と言うのは、デイヴィッド・レーヴィット以外には、そう自称した作家はたぶんいないのではないか。いかんせん「ニュー」は「新」ですから、たとえば「新人類」でも「新御三家」でも、それは周囲が勝手にそう呼ぶことであって、自らを「新○○」と称することは、アメリカ人であっても少々気恥ずかしいでしょう。イーサン・ケイニンの場合はとりわけ、そうしたイメージからはかけ離れている。「慈悲の天使、怒りの天使」の村上解説にもある通り、紆余曲折はあったものの、ハーヴァード・メディカル・スクールで医師を目指したケイニンは、物静かな風情で、他の作家たちとは一線を画しているようなところがありました（ただし、八〇年代には痩せて、いかにも神経質そうな外見でしたが、最近はだいぶ太ったようです）。まことにもって余談ですが、私のサン・フランシスコ時代の仕事仲間に井伊さんという人がいて、彼は初対面の人に自分の名前を告げる時に'Ethan' と言っていました。アメリカ人には日本人の名前は覚えづらいので、これはひとつの手です。べつの仕事仲間には椎名さんという人もいて、彼は自らを 'Sheena' と名乗っていました。そう言われた相手はおおむね目を剥き、'Are you Sheena?' と訊き返していましたが。なにしろ「シーナ」はどう考えても女性の名前です。さらにもう一人、宍戸さんという人もいて、彼は律儀に「シッ**シイ**ドォ」と名乗っていましたが、相手が復唱するとそれは決まって「シッ**セイ**ドウ」になっていました。「資生堂」です。

さて、冒頭の引用のつぎの部分にもういちど注目してみましょう。

「デンバーからそっちの鳥を追い払うことはできないよ」

彼女はしばらく考えた。「私がデンバーに行ったわけじゃないよ」

難解です。老婆はいったい何を「しばらく考えた」のでしょう。話の文脈からすれば、彼女は、自分がデンバーにいるものと息子は勘違いをしている、そう思っているかのようです。そもそも朝の五時で、彼は母親からの電話で叩き起こされたのは目に見えていますから、「この子はなにを寝ぼけているのかしら」と「彼女はしばらく考えた」。でも、そうだとすれば、「デンバーからそっちの鳥を追い払うことはできないよ」という息子の言葉のどこに、彼女がデンバーにいるのだという息子の勘違いを見出すことができるでしょうか。息子は明らかに「そっちの」と言っているのですから、「デンバー」とは違う場所に母親がいることをちゃんとわきまえている。とすると、勘違いをしたのは息子ではなく母親だったのか。いかんせん、彼女も黒い鳥の大群が部屋に押し寄せてきてパニック状態にあることに間違いはありません。「デンバー」を「ニューヨーク」と聞き違えることだってありうる、とまでは言えないものの、なくはない。

「ニューヨークからそっちの鳥を追い払うことはできないよ」

彼女はしばらく考えた。「私がデンバーに行ったわけじゃないよ」

こうすれば、少なくとも会話の辻褄はあいます。そこでもやはり、彼女の側からしてみれば、「この子はなにを寝ぼけているのかしら」と「しばらく考えた」ことになりますが。

しかしなおも、いくら抜き差しならない事態に直面しているとは言え、はたして「デンバー」と「ニューヨーク」を聞き違えるだろうか、という疑問は尾を引きます。'Denver' のアクセントが第一音節にあるのに対し、'New York' は第二音節です。あるいは寝ぼけた息子は「ニュー**ヨーク**」とは発音せずに、思わず「**ニュー**ヨーク」と発音してしまったのか。しかしそれでも、音声学的に言えば、'Denver' の d も 'New York' の n も「有声舌歯音」までは同じですが、前者は「破裂音」であり後者は「鼻音」という決定的な差異がある。欧米人ならまず、このふたつを聞き違えることはないでしょう。欧米人なら、と言うのは、日本人ではありえないことではない。たとえば「ダポリタン」(この言葉自体には何の意味もありません)の「ダ」を鼻にかけて発音してしまう人は少なくはないでしょう。ためしに、「ダ」を鼻にかけてみてください。「ナポリタン」に聞こえます。どのような時にそうしたことが起こりがちかと言えば、dの音を破裂させる余力が残っていない、たとえば酩酊時などに起こりやすい。平たく言えば「酔っぱらい」です。「もうダメ」が「もうナメ」になっている人、よく見かけます。

けれども、いずれにしても息子は日本人でもなければ、ましてや、寝ぼけているかもしれないが、酔っぱらいでもない。「彼女はしばらく考えた」の意味を解決する糸口は依然見えてきません。このような場合にこそ、私たちは、迷わず原文にあたるべきです。

"How can I get them out from Denver?"
She thought for a second. "I'm not the one who went to Denver."
(Ethan Canin, 'Angel of Mercy, Angel of Wrath,' from Haruki Murakami "Birthday Stories")

最初の息子の言葉に注目してください。中学生レベルの英語です。原文にはないのに、翻訳にあえて加えられている言葉があるのに気づきませんか。もうすでに謎が解けてきた人もいるかもしれません。そう、翻訳には、まさに先に話題にした「デンバー」とはべつの場所を指し示す「そっちの」が加えられている。そして、この「そっちの」こそが、二人のやりとりをややこしくしてしまっているのは言うまでもありません。原文は「いったいどうやって僕が連中をデンバーから追い出せるっていうんだよ?」です。母親は、その言葉を文字通りに受けとめてしまったわけです。つまり、デンバーの町からその外へと鳥を追い払う、息子はそう言っているのだと母親は「しばらく考えた」後に結論づけたのです。原文では、ここはクスッと笑う場面です。

空っぽの冷蔵庫？

それにしても、「しばらく考えた」後の、母親の受け応えには多くの感情が籠められています。イーサン・ケイニンの巧さがその言葉に凝縮されていると言ってもいい。親子はもともとデンバーに住んでいて母親だけがニューヨークに来たわけではない、それは明らかでしょう。すなわち、「私がデンバーに行ったわけじゃないよ」を裏返せば、「お前が勝手にデンバーに行ってしまったんじゃないか」ということになります。しかし、彼女はそうは言わない。直接的にそう言わないことによって、却って自分を一人にさせてしまった息子に対する憤りが滲みでてきます。と同時に、その憤りが逆に、老婆の切なさを際立たせる。電話を切った後に彼女は、息子が忠告したにもかかわらず、動物愛護協会ではなく「９１１」（緊急センター）に電話をかけてしまう。その時にはおおかたの鳥が外へと飛んでいき、部屋に残ったのは二羽だけになっていますが、彼女が「９１１」を呼び出す前に、ひとつの伏線がはられています。

一羽は本棚の上でひょいひょいと跳ねていたが、もう一羽はエリナーが見ている前で部屋の真ん中からまっすぐ窓に向かい、窓ガラスに衝突した。窓枠が震え、その鳥は数フィート下に落ちたが、体勢を立て直してまた同じことを繰り返した。エリナーはちょっとのあいだそれを見ていたが、台所に行ってクリームソーダの瓶を出し、グラスに注いだ。昨日の気温は華氏一〇〇度（摂氏三八度）だった。

ここは物語全体をとらえる意味でとても重要な箇所です。これについては後述しますが、ところで、「911」に電話をしたものの、案の定オペレーターは「私たちはこういうアドバイスをしてはいけないことになっています」と、彼女の訴えにとりあってはくれません。とりつく島もない状況です。途方に暮れたエリナーは「うちの夫はフランクリン・ルーズベルトのお友だちだったんだよ」などと鳥に話しかけてみたりしますが、やがて意を決し、番号を調べて動物愛護協会に電話をかけます。その場面です。

電話には子どもが出た。エリナーは一瞬わけがわからなかった。「家の中にカラスが二羽入ってきたんだけど」と彼女は言った。

子どもは電話を置いて、そのすぐあとで女が出た。「家の中にカラスが二羽入ってきたんですが」と彼女は言った。女は電話を切った。

つまり、間違い電話だったわけですが、なんとも芸が細かい。「911」の電話を切ってから動物愛護協会に連絡するまでは、テクスト上、たっぷりと間がとられ、家の中に不気味な黒い鳥がいるという緊張感が持続されています。電話がいっぺんでつながらないことによってその緊張感はさらに引き延ばされますが、ここはそうした「引き延ばし」の効果とはべつに、「間違い電話」によって事実らしさが演出されている。いざ自分で小説を書こうとすると、それまでたっぷりと緊張感を醸し出してきたことに安心して、すんなり動物愛護協会に電話をつなげてしまうでしょう。イーサン・ケイニンはそうした妥協を許さない書き手であることがここから窺われます。

さて、もういちど番号を調べなおし、彼女はめでたく動物協会とのコンタクトに成功します。そして、ほどなくして、小太りで髪をお下げにした（しかし、双方の長さが違う）若い黒人女性が彼女の部屋にやってきます。その場面です。

「あのね」と女は言った。「ソーダとかそういうものないかしら？　なにしろ外は暑くって」

「ちょっと待ってね」とエリナーは言った。「昨日は華氏一〇〇度を超えたって話だけど」

「そうだとしても不思議はないわね」

エリナーは台所に行った。彼女は冷蔵庫のドアを開け、その前に立ち、それからドアを閉めた。

「悪いけど何もないわ」と彼女は大きな声で言った。

はて、さきほど彼女は確かに「クリームソーダの瓶を出し、グラスに注いだ」はずです。その際にすべてを飲みつくしてしまったのでしょうか。ここは重要なので、「悪いけど何もないわ」を原文で確認しておくと、'I'm out of everything,' と記されています。すなわち、ソーダだけではなく、「冷蔵庫は空っぽだわ」と彼女は言っているのです。代わりに水をグラスにくみ、「ほら、どうぞ」と彼女は女に差し出します。その後に続く二人の会話です。

「今日は私の誕生日なの」

「ほんとに？」

「ほんとに」

「いくつになったの？」

「八十一」

注意深い読者は驚いて思わずここで本のページをめくり返してしまいます。すると、物語の冒頭で語り手は「エリナー・ブラックの七十一歳の誕生日に、鳥の群れが窓から台所に飛び込んできた」（傍点筆者）と、確かに言っているではないか。語り手と主人公、いったいどちらの言っていることが正しいのか。常識的に考えれば語り手でしょう。とすると、ここで主人公・エリナーは自分の年を十歳も上に偽っている。問題は、どうして彼女がそんなことをしなくてはならないか、です。単純に考えれば、「八十一」という年齢によって彼女は何らかの同情を動物愛護協会の女に求めようとしている。けれども、女は水の入ったグラスを手に「八十一歳のお誕生日おめでとう」と、乾杯の仕草をするだけで受け流します。女は何もかもお見通しのようです。あっさりと一羽の鳥をつかまえ、彼女は部屋を去りますが、じきに戻ってきて、「あなたはとてもいい人みたいだったから」と言ってカーネーションの花束を誕生日祝いにとエリナーにプレゼントするのです。エリナーは「ひょっとして数日前の売れ残りではないかと、花を仔細に調べてみたが、そういうしるしは見あたらなかった」。そして、それに納得すると彼女は、「それを台所にもっていって、花瓶を洗い、花を生けた。それからク、リ、ー、ム、ソ、ー、ダ、をグラス、に、半分、ば、か、り、注、い、だ」（傍点筆者）のです。おや、まあ、なんていうお婆さんなの、としか言いようがありません。

彼女はなぜ「男の人」なのか

この物語は、ともすれば、一人の孤独な老婆の話として読んでしまいがちですが、土台には人種差別の問題がしっかりと据えられています。動物愛護協会の女が鳥を捕獲して部屋を出ていった後、エリナーはデンバーの息子に再び電話をし、つぎのように事態の報告をします。今度は病院での勤務中に呼び出された息子は、さすがに少々苛立っています。


「大変だったよ」と彼女は言った。「動物愛護協会から男の人が来てくれたんだけどね」

「うまく始末してくれた?」

「ああ、してくれたよ」

「よかった」と彼は言った。「そいつはなによりだ」

動物愛護協会の、男の人？　これもまた、ひねくれた老婆のしれごとなのでしょうか。少なくともこの村上訳を読むかぎりは、そのように思えます。しかし、ここにまさにこの物語のポイントがある。実は、「男の人」は原文では ‘the man’ ではなく、‘the fellow’ です。‘the fellow’ は最近ではもっぱら「仲間」を指しますが、ひとむかし前は「男」「奴」を指し、さらにもうひとむかし前は「下層階級の人」「黒人」を指していました。現在は「リサーチ・フェロー」や「ティーチング・フェロー」、あるいは「フェローシップ」など、どちらかと言えば学術的エリート集団にあてがわれるのが多いことを思えば、大きな意味の変遷を辿った言葉のひとつと見なせるでしょう。

　年老いた、ひとむかし前の母親の ‘the fellow’ からおそらく息子は「男」を連想したでしょう。「うまく始末してくれた？」は原文では ‘Did he do a decent job?’ です。しかし、これを受けた母親も追って ‘he’ を代名詞に使うのですが、彼女が最初に意図したのは「男」ではなく、もうひとむかし前の「下層階級の人」「黒人」ではなかったか。彼女は息子が ‘he’ と言ったのを訂正するのが面倒で自身も ‘he’ を用いたのではなく、「下層階級の人」「黒人」さえ含意できれば、性別は大きな問題ではなかったのではないか。そうした彼女の人種差別意識は、動物愛護協会の女に対してとった彼女の行動から容易に察しがつくでしょう。つまり、ソーダがあるのにないと言い、カーネーションの花の新鮮さを疑う。それはただ単に彼女が世をすねているからではなく、彼女の部屋を訪れたのが黒人だったからではないか。そして、動物愛護協会のその女は、たぶん聞いたのです。エリナーが冷蔵庫を開けた時に瓶がぶつかる音を。彼女には、少なくとも冷蔵庫が空っぽではないことがわかっていた。エリナーが八十一歳ではないことも。そして、おそらく、エリナーの言葉がすべて嘘であることも。それを承知のうえで、カーネーションを買って部屋に戻ってきたのです。その際の「あなたはとてもいい人みたいだったから」という彼女の言葉は意味深です。愛情ともとれるし、しっぺ返しともとれる。けれどもどちらかと言えば、動物愛護協会という彼女の職を考えると、前者でしょうか。とすれば、エリナーは自分が差別する対象から誕生日を祝福され、愛する息子からは祝福されないという何とも皮肉な運命の一日を過ごしたことになる。これがおそらく、この物語の落としどころではないかと思われるのです。勤務中の息子に電話をした老婆は切り際にもういちど彼に、「ほかに何か言うことはない?」と訊きます。それに対して息子は「いや」と言い、「とくにない」と続けて、二人の会話は終ります。

FDRが腰かけた椅子

ところで、カーネーションを花瓶に生けた後、エリナーはブッシュ大統領(これは時代的には先代のブッシュ大統領でしょう)あてに手紙をしたためます。

ブッシュ大統領様

私はルーズベルト大統領の友人でありこの手紙を書いている今日八十回目の誕生日を迎えております。

さきほどより年齢が一歳若くなっていますが、ここにきて、その主人公のいい加減さによって、正しいことを言っていたのは語り手であったのが確定的になる。ところで、この老婆の部屋には、かつてフランクリン・ルーズベルト大統領（ＦＤＲ）が座ったという椅子があります。もちろんそれは、「大統領の椅子」といった類のものではなく、たまたまルーズベルト大統領がかつてこの夫妻を訪れた時に座っただけの椅子でしょう。その貴重な椅子にはビニール・カバーがかけられているのですが、そのカバーはニクソン大統領が辞任した時以来はずされたことがなかった。ニクソン大統領の辞任は、一九七四年八月九日。個人的な話ですが、私はその日、アイオワ州のとうもろこし畑の真ん中にある家で、子どもたちもがテレビの画面を呆然と眺めているのを、呆然と眺めていました。私がいた家だけではなく、アメリカ中が呆然としていた一日だったと思います。なにしろ、わずか一年前にようやくヴェトナム戦争に終止符を打った大統領が、自らの汚職関与を認めた日だったのですから。

話が逸れてしまいましたが、その誰もが呆然とした日に、「フランクリン・ルーズベルトはきっとそうしてもらいたがっているはずだ」とエリナーの亡き夫であるチャールズが言い、二人は椅子のビニール・カバーをはずしたのです。追って、チャールズがクッションと肘掛けのあいだにピーナッツを落とすので再びカバーはかけられるのですが（これも事実らしさを演出するイーサン・ケイニンの細かな芸です）、それはそうと、なぜニクソンが辞めるとルーズベルトは椅子のカバーをはずしてもらいたがるのか。難解です。強いて言えば、とっくに死んでいるはずのルーズベルト大統領が、「ここはまた俺の出番だぜ」と現役復帰することの比喩なのか。もちろん、ルーズベルトは民主党の大統領で、ニクソンやエリナーが手紙を書いているブッシュは共和党の大統領なのですが、本文にはルーズベルトと同じ民主党のケネディ大統領を非難するような一節もあり、それはどうやら、二人の支持政党の問題ではないようです。ルーズベルト大統領以来、この国にはまともな大統領がいない、ということなのか。

> 私は今日私の人生に出し抜けに飛び込んできた珍種の生き物について書きたいのです、
> そしてそれはまさにあなたのような方からの助力を必要としています

ブッシュ大統領への手紙はそう続きます。しかし、書き終えてみると、最後のほうになるにつけ字が小さくなっていたので彼女はいったん紙をわきにやり、新しい紙をとり出します。そこで、追い出されなかったもう一羽の鳥がテーブルの隅っこにとまるのです。孤独な誕生日を迎えたエリナー・**ブラック**と一羽の迷える**黒い**鳥。この結末は、少々やり過ぎ、とも思えますが、色の符合以外にもうひとつ見落としてはいけない名前の仕掛けがあります。アメリカで最も有名な「エリナー」はおそらく、エリナー・ルーズベルトでしょう。もちろんフランクリン・ルーズベルト大統領と同じ血族の一員であり、そして彼の妻であったエリナーです。

一市民が大統領に手紙を書くというのは私たちからすると畏れ多いことですが、エリナー・ブラックにとってはさほど大それた行為ではなかったのではないか。なにしろ、夫はフランクリン・ルーズベルト大統領と「お友だち」だったのです。作品の冒頭には、アパートの部屋の窓は「彼女がこの四十年のあいだ毎朝きまって開けてきた窓だった」とあります。それはとりもなさず、彼女がそこに四十年間住み続けているということです。とすれば、それ以前に彼女はどこにいたのか。先代ブッシュ大統領の時代から逆算すると彼女がこのアパートに住みついたのは一九五〇年前後でしょう。フランクリン・ルーズベルト大統領はそれ以前の一九四五年に他界しています。つまり夫婦が実際にルーズベルト大統領に出会っているとすれば、それは第二次世界大戦が終わる前ということになる。彼らはどうして大統領と会ったのか。ここからはあくまでも仮説ですが、それはもしかしたら、彼らのアメリカへの来歴と関係があるのではないか。二人は、アメリカに定住するために大統領の力が必要だったのではないか。なぜ彼ら夫婦がアメリカ生まれではないと確証するに至ったかと言えば、エリナーは動物愛護協会の女に「私はニューヨークで育ったの」と語っているからです。嘘、かもしれません。

ここではどうしても、テクストだけではなく、この物語の作者の背景が必要になってきます。思えば、イーサン・ケイニンはメディカル・スクールで学んだ（と言うか、この作品を書いた頃には学んでいた）わけですから、物語に作者自身が入りこんでいる可能性が捨てきれない。そう、エリナーの息子は病院で働いているのです。そして、作者ケイニンはユダヤ系アメリカ人です。フランクリン・ルーズベルトは、一九三九年にナチの迫害から逃れて渡航してきた九百三十六人のユダヤ人の入国を拒否した大統領です。未然に防げたはずのホロコーストを防がなかったとして、一九六〇年代には、すでにこの世にはいないのにもかかわらず罪を問われています。しかし、そうした中においても、大統領と懇意になり入国を許されたユダヤ人がいたとしたら……。

いや、これはさすがにつっこみすぎかもしれませんが、「慈悲の天使、怒りの天使」は、この短さにもかかわらず、さまざまなことを考えさせられる作品であることは間違いないでしょう。それは言ってみれば、「短篇小説」の本質でもあります。書くべきことは多くあるが、それを凝縮させたところに作品世界が成り立つ。たとえばカメにまつわる原稿用紙五十枚の短篇小説を書こうとすれば、カメについての原稿用紙五百枚分の知識がなくてならない。そういうことでしょうか。裏返せば、書くべきことが少なければ短篇小説は成立しない。

ところで、ユダヤ人と黒人とは、アメリカにおいてかつては同じ被差別者サイドとして同盟関係にありましたが、ユダヤ人の中から多くの社会的・経済的成功者が出るにつれ、次第に関係が悪化していったという歴史的経緯があります。

（イーサン・ケイニン「慈悲の天使、怒りの天使」＝中央公論新社版・村上春樹翻訳ライブラリー『バースデイ・ストーリーズ』所収）

＊1　一九六一年生まれ。代表作に『愛されるよりなお深く』『失われしクレーンの言葉』。

＊2 一九五五年生まれ。代表作に『ブライト・ライツ、ビッグ・シティ』『ストーリー・オブ・マイ・ライフ』。

＊3 一九六四年生まれ。代表作に『レス・ザン・ゼロ』、そして何と言っても、アメリカ中を震撼させた『アメリカン・サイコ』。

＊4 一九五七年生まれ。代表作である『ニューヨークの奴隷たち』に因んで、ニューヨークのブルーミングデイル百貨店に同名のブティックができたのは有名です。同作は一九八九年に映画化もされ、ジャノヴィッツ自身もチョイ役でこの映画に出演しています。

＊5 一九六三年生まれ。デビュー作『ピッツバーグの秘密の夏』はカリフォルニア大学アーヴァイン校の卒業論文として書かれたもので、担当教官がその素質を見込みシェイボンには内緒で文学エージェントに送付。前金十五万五千ドルという、当時新人作家としては破格の料金で出版社に買いとられました。

6 「書く」という格闘技——ロナルド・スケニック「君の小説」

あるいは彼は今まさに目覚めようとしているのかもしれない。その開けかかった目は削除まさに見開かんとする目はライオンと対面しようとしているのかしら。杖とマンドリンを手に。いや、それはリュートなのかな？　リュートの隣には、それはリュートということにしておこう、茶色の瓶がある。水瓶だろう。それから白く、やがて茶色く、白く、白茶色の泥水が分厚く一筋流れている。泥水、雪、解けた氷、浮氷の間を縫って進む船、船首にいる男が浮かんだ氷のかけらを杖と自らの足とでかきわけている。

作者の死、小説の死

右に引用したのは、「君の小説」の書き出しから数行進んだあたりになります。収録された『and Other Stories』の村上解説にもあるように、この作品は「『小説を書く』ことを書く小説」です。小説がまさにこの時点で書かれつつ、この小説は書かれる。そのことが、作者が筆を進める、あるいはタイプライターのキイを叩くのと同時的な時制をとることによって効率よく提示されています。そのこれみよがしなマークが「削除」です。「削除」の前の文章が「削除」の後で書き改められているのは誰の目にも明らかでしょう。そう、ここではあえて、前後がどう書き改められたかを示す意図をもって「削除」で二つの文章が接続されている。言い換えれば、改訂前の文章と改訂後の文章が両方とも、見える。原稿執筆の実作業を考えるなら、改訂前の箇所はおそらく修正テープで消されるか、あるいは「XXXX」で伏せられるでしょう。すなわち、その部分は実際には本に載らない。見方を裏返すと、そうしたしるしの類がもしあれば、ここに書かれているものはまだ本になっていない（たったいま「原稿」として書いている）ことを主張します。そのうえに、本作品の「削除」は、前後双方を提示しつつ「たったいま書いている」ことを強化する。「書く」ことは行為ですから、本質的にたちまち過去と化す。けれどもこの手法は、作者の思考過程を前後の変化をもっていま差し出すことにより、原稿を書く時間と、読者がこの作品を読む時間とが同時進行しているような錯覚をもたらす、そんな戦略がとられています。これがもし「XXXX」で伏せられていたとしたら、それはとりもなおさずその箇所はすでに消されたという「過去形」の範疇に属することになります。

しかし、この手法でもやはり、「過去」は明るみになってしまう。「削除」は‘strike’の訳語です。辞書で‘strike’を調べると、かなり下のほうにですが、「記録から削除する」という意味がでてきます。「その開けかかった目は～それはリュートなのかな?」を原文で見てみましょう（下線筆者）。

Or is he about to awake, the eyes opening strike the eyes on the point of opening to confront the lion with his stick and his mandolin, or is it lute, by his side.

作品の時代背景は不明ですが、‘strike’の周囲には、歴史的・文化的な傾向において、作者スケニックの意図しなかった意味が刻まれている、刻まれてしまっている。今日であれば多くの作家が執筆にはパソコンを使っていると思われますから、いちど書いた文章を‘strike’で取り消すことはないでしょう。つまり、この「『小説を書く』ことを書く小説」が、「本」という空間の中で、いままさに書かれながら同時的に小説を発動しているように私たちにいくら見せかけようが、それはタイプライターが主流であった時代の「同時性」であり、もしそうだとすれば、現代に生きる私たちはそこに「過去形」を見てしまいます。が、これについては追ってもういちど考えてみたいと思います。

遅くなりましたが、作者のロナルド・スケニックは一九三二年ニューヨーク生まれ。六〇年代アメリカのポストモダン文学シーンを代表する作家の一人であり、理論家でした。実質的なデビュー作は一九六八年の“Up”。七〇年代後半から八〇年代にかけてその影響力は下火になりますが、コロラド大学での教鞭や、自ら創設に携わった出版プロジェクト"Fiction Collective"を通じ、戦闘的アヴァン・ギャルドの旗手であり続けました。九〇年代アヴァン・ギャルド文学の傑作のひとつに数えられる"The Kafka Chronicles"の作者マーク・アメリカを発掘したことでも知られています。一九九二年から原因不明の筋ジストロフィーを患い、晩年は車椅子生活を余儀なくされました。二〇〇四年没。

「君の小説」は、スケニックが一九六九年に発表した『小説の死、その他の短篇』("The Death of the Novel and Other Stories")に収録されていますが、『小説の死』というそのタイトルからして、ロラン・バルト[*1]の「作者の死」が意識されているのは言うまでもないでしょう。先のタイプライターのように、作者が本来意図して届けようとしないのに不可抗力的にテクストに染み出してしまうしるしをバルトは「鈍い意味」と呼んだわけですが、テクストのひとつひとつには、作者の意思とはべつに、作者をとりまく社会的、文化的、言語的状況が不可避的に紛れこんでいる、そう見る時に、作者は死ぬのです（実はそのバルト自身も、たとえば「現代における食品摂取の社会心理学のために」の中で、「マーガリン」から連想するイメージを「強固な筋肉をつくり」としているのですが、今日いったい誰が「マーガリン」からそうした抜山蓋世《ばつざんがいせい》なイメージを抱くでしょうか（ロラン・バルト／花輪光訳『物語の構造分析』みすず書房、119頁参照））。また、読む側の現在の社会的、文化的、言語的状況によっても、その作品は幾通りもの読まれ方が可能になる。つまり、作者によって書かれた小説は、読者に読まれることによって新たに書き直される、その時に作者は死ぬのです。

もうひとつのいま書かれている小説

「君の小説」は、前述したように、いま書かれながら進行するのですが、実は作品の中にはもうひとつ、いま書かれている小説があります。

彼は僕のノートブックに足を乗せて削除彼は僕のノートブックを踏みつけて、それを自分の方にずるずると引き寄せた。

それは放っておいてくれよ、と僕は言った。

落ち着けって。俺はお前をまともにしてやろうとしてるだけだよ、ロニー。友達としてな、わかるだろ？　「それはまるで」と彼は読み上げた。「知覚せ……」なんだ、こりゃ？　なんだよ、このがらくたは？

小説だよ。

小説、と彼は叫んだ。なんだよ、こいつは、マザー・グースか？　なあロニー、お前見てるとカリカリするね。彼は僕の方に一歩足を踏み出した。そして拳をにぎりしめて指輪を僕に見せた。俺に時間の無駄をさせるよなあ。俺はな、友達として良い話を持ってきてやったんだぜ。するとなんだ、お前はマザー・グースなんて書いてやがる。

小説だよ、と僕は言った。

どんな小説だよ？

たとえば君をその中に盛り込むとだね、それは君についての小説になる。

もうひとつの小説とはもちろん、右の引用で、足を乗せられた削除踏みつけられたノートブックに書きかけられた小説です。そこには、「明確に識り、試した。それはまるで知覚せざるがごときであった。そして僕は明日のアメリカの夢から覚め、今日の平板な真実に立ち戻った」と黒いインクで書かれています。そう、この小説原稿は手書きです。しかもノートブックは、彼（作中では、ルビー・ジェラニウムという名前が与えられています）が「僕」（ロニー＝作者の**ロナルド**・スケニックがダブります）の大きくて黒く四角い机をひっくり返すまで、その机の真ん中に置かれており、自然に考えれば、たったいま書かれている、あるいは、たったいままで書かれていたのは、ノートブックの中の小説原稿ということになる。だとすると、そのノートブックの存在を描写する小説はいったいいつどこで書かれているのか。そしてそれは、ノートブックの小説が手書きなのに対し、果たして真にタイプライターで書かれているのか。

話は変りますが、ルビーの、「なんだ、こりゃ？　なんだよ、このがらくたは？」というリアクションは、文章を読んでいるはずなのに、まるで物を見ているかのようです。彼は、「小説」であると言われてはじめてそれが物ではなく「小説」であることに気づき「小説」と叫ぶ！　そうした類の物は「小説」と呼ばれるのだ、と生まれて初めて知らされたかのようでもあります。ここは、笑う場面です。さらに輪をかけるように、ルビーは「小説」からこともあろうに『マザー・グース』を連想してしまっているように見えますが、そうではなく、それらは彼の頭の中で、何やら文章があるが何が書かれているのか皆目わからない物、という共通項で結ばれている。彼にとってはやはり、「小説」は物なのです。[*2]

ところで、あなたがいまもし小説を書いているとして、誰かに「どんな小説だよ?」と問われたら、どう答えますか? あなたはきっと、自分が書こうとしている小説のあらすじをかいつまんで相手に聞かせるに違いありません。それが、小説の「翻訳可能性」です。つまり、二十ページの短篇であっても、五百ページの長篇であっても、内容をその実際の紙幅よりもはるかに少ないボリュームで要約することができる。それがもし小説でなく、たとえばパーソナル・コンピューターのマニュアル類であれば、要約不能です。と言うか、要約することに何の合理性も伴わない。そう、小説全体を「解釈」するのではなく、言わばパソコンのマニュアルのように、あたかも物として、そのテクストのひとつひとつにつぶさに目を向ける。それが、かなり思い切った言い方ですが、この作品が書かれた当時の、小説をめぐる状況と言ってもいいでしょう。

そのうえでいまいちど注目してみたいのが、「どんな小説だよ?」というルビーの問いに対する、ロニーの回答です。「たとえば君をその中に盛り込むとだね、それは君についての小説になる」というロニーの回答はまさに、小説とは「記述」ではなく「発動」であるという、手垢にまみれた小説の制度に対するあからさまな挑発であり、絶えずそれが、「(読者の手元で)いま書かれる」べきことへの主張と受けとめるべきです。

さて、ところがノートブックに書きかけられた小説は、いまロニーが書きながらその場で発動する小説とは異なり、すでに途中までは書かれています。「たとえば君をその中に盛り込むとだね、それは君についての小説になる」と言うロニーですが、ルビーから自分のネクタイについて書くように逆提案されると、「書き込む余地があるかなあ」と、結局前言を撤回します。ルビーにしてみれば、小説の登場人物になる機会を失ったわけですが、もとよりロニーには、そこにルビーを登場させるつもりなどなかった。なぜならルビーは、ロニーが書こうとしている小説の邪魔をするからです。ただしこの場合、邪魔、というのは物理的に手を出し口を出し、というわけではない。ロニーのイマジネーションの世界に土足で踏みこんできて（それは文字通り、ノートブックを踏みつける、というルビーの狼藉《ろうぜき》によって表されます）、本来書こうとしている事柄から徹底的に気を逸らそうとする。そうした行為によってかえってルビーは、この小説の主たる登場人物になっていきます。この際、主体をロニーにすれば、彼はいま一篇の小説を書こうとしているのだが、どうしても本題とはべつのイマジネーションが頭に浮かび上がってきて、挙句にはそのイマジネーションに支配されてしまう。つまり、先にタイプライター云々の論議をしましたが、この小説の本筋は、いまだに書かれていないもの、言葉を換えれば、ロニーのイマジネーションである。イマジネーションだからこそ、いまこの場で無秩序に発動する。そう考えれば、タイプライターの作業としては不自然に思える「削除」の挿入（それによる訂正前の文の残存）も合理的に説明できます。すなわちそれは、書かれたものなのではなく、ロニーの思考回路そのものなのだ、と。そして、全体としてのこの作品は、何かを書こうとしているのだが筆がいっこうに運ばず、しかし本題とはまったくべつのイマジネーションに見舞われる作家の状態を描いた小説、と言うことができるでしょう。その無秩序なイマジネーションの矢継ぎ早な発動こそ、ルールに支配される類の既成小説に対する挑発行為として受けとめるべきです。

「メタフィクション」の戦略

こうした「『書く状態』を書く小説」は、一般的に、「メタフィクション」と呼ばれます。

土田知則、神郡悦子、伊藤直哉各氏共著の『現代文学理論』（新曜社版、186頁）によれば、今日的な意味でのメタフィクションとは、「フィクションについて考察するフィクション」（「より広く言えば文学についての自己省察を行う文学作品」）、「いわゆるパロディ文学の総称」、とされます。そして、「どちらも文学を（部分的）対象とする文学であり、創作というかたちで行われる文学批評である」。さらに、狭義においてそれは、「アンチ・リアリズム」小説を指し、「アンチ・リアリズム小説」は「ポストモダン小説」とも呼ばれる。何やらこの定義からして「入れ子構造」のようですが、それら小説の特徴は「時空間のゆがんだ虚構世界の創出、虚構内虚構という入れ子構造の援用、そしてとりわけ異次元の物語空間のあいだの境界侵犯をあげることができる」（同188頁）。そこにおいて、「書くことは書かれることであり、読むことは読まれることである。いいかえれば、書かれたものが書く者を書いているのであり、読まれるものによって読む者は読まれているのである」（同）。

難しくなってきました。「書かれたものが書く者を書いている」例として、『現代文学理論』は、

「作中の小説家が自分の書いた小説の作中人物たちによって裁判にかけられたり」（同）することをあげています。作中の小説家によって書かれている（受動的でしかない）はずの作中人物が、その小説家に対して逆に何らかのアクションを起こす（能動的になる）、ということでしょう。いま私が書いているこの文章に一人の作中人物がいたとして、「おいおい、いったいあんたは何でたらめなこと言ってんだよ、そんなわけねえだろ。だっから大学の教員は始末におえねぇんだ」などと言われたとしたら、まさにそれが「書かれたものが書く者を書いている」ということです。「君の小説」で、ロニーがルビーに「なんだよ、このがらくたは？」と言われる場面がこれに相当します。

つぎに、「読まれるものによって読む者は読まれている」例としては、「作中人物が作者にあてて手紙を書く」ことがあげられています。これは、どういうことなのか。『現代文学理論』にはもう少し気合を入れて説明してほしかったところですが、作中人物から手紙をうけとった作中の作者がその手紙（読まれるもの）を読む時に「読む者」になる。そこまではわかります。これ以降は、二つのレベルの解釈があります。まず、その手紙が作中の作者にかかわる内容であるとすれば、作者は作中において自分のことを読んでいる。言葉を換えれば、手紙の中の作者は、手紙を読む作者自身によって読まれている、つまり、「読まれるものによって読む者は読まれている」ということになります。もうひとつは、作中の作者がその（自分に関係のある）手紙を読みあげる行為は、小説においては、あくまでもテクストとして表されます。そのテクストを読むのは他ならぬ読者です。したがって、本来自らが読まれることのないはずの作者は、作中人物から自分に宛てられた手紙を読む（それがテクストして表される）ことによって、読者によって読まれることになります。ところで、その手紙自体ももちろん「フィクション＝小説（の一部）」です。これが「メタレベル」と呼ばれるものですが、すなわち、メタフィクションとは、小説を書く人物に焦点をあてる小説でありつつ、小説を読む人物について焦点をあてる小説でもあります。そうした方法によって、読者に対して、そこに書かれていることが「事実」だと錯覚させる戦略をとるリアリズム小説とは逆に、読者に「小説」を読んでいることをあからさまに意識させるのが、メタフィクションの中心的な戦略です。その意味で、それはまた、「アンチ・リアリズム」小説とも呼ばれるのです。

まったくもって余談ですが、もちろん小説ばかりでなく、こうした手法をとるドラマも多々あります。パロディ、というかギャグドラマの類です。「これは事実ではなく、ギャグなんですよ」という意識を視聴者に植えつけようとする時、メタフィクション同様の、言わばフィクションと現実とを越境させる技がしばしば使われます。だいぶ前になりますが、ＴＢＳの「日曜劇場」で、稲垣吾郎さんと市川染五郎さん（松たか子さんのお兄さんです）が主役を演じるヤングサラリーマンもののドラマがありました。ストーリーの仔細は忘れてしまいましたが、会社の同僚の宴会だったか、取引先の接待だったか、二人して余興を披露するような場面設定がありました。余興の題目に二人が選んだのは「剣劇」だったのですが、殺陣《たて》の練習をしている最中に、稲垣さんが市川さんに向かって「さすがだね」と言うのです。けれども、ドラマの中では市川さんは一介のヤングサラリーマン役で、そうした経験があることなど一切触れられていません。言うまでもなく、稲垣さんはドラマ内の役柄としての市川さんにコメントしたのではなく、歌舞伎役者としての市川染五郎さんにコメントしたのです。これを観る私たちは、たいていは、ウケます。ウケますが、と同時に、ドラマのフィクショナルな世界に現実感をまといつつ引きこまれるのを中止し、それが「つくりもの」であるのをいやがうえにも意識させられるのです。そうです、このような手法こそがまさに、メタフィクションが、読者に「小説」を読んでいることをあからさまに意識させることを企図してとる「越境戦略」なのです。

消えちまえよ、と僕は二人に言った。ぱっと消えちまいな。話は終わったんだ。ゲームはもうおしまい。
ガンキャノンは拳をぽきぽきと鳴らした。ジェラニウムは野蛮人のような指輪をはめた手をふりあげた。俺たちまた来るからな、とガンキャノンは言った。そして彼らは消えた。
ひさしから雨垂れがぽつぽつと落ちている。雲の影が雪のきらめきを曇らせている。ジョージ・ワシントンは壁の上でデラウェア河を越える。僕は机の前に坐り、この原稿を仕上げている。

ガンキャノンはルビー・ジェラニウムを追っているらしい刑事風の男です。二人が登場する場面はボストンからパリへと飛び、またボストンへと戻ってくる。そのあたりに、物語の時空間を自由自在に操るポストモダン小説の特徴がよく出ています。

「ポストモダン小説の本質」

それはそうと、先の引用でロニーが仕上げにかかっている「この原稿」とは、どの原稿のことなのか。おそらくそれはノートブックに書かれた手書きの原稿でしょう、ルビー・ジェラニウムもガンキャノンも出てこない。ロニーは「この原稿」を完成させるために、彼らを消さなければならなかったのですから。彼は彼らを彼の頭の中から追い出さなければならなかった。もちろん二人は彼の空想の領域に存するのであって、繰り返しになりますが、イマジネーションの世界の住人です。ロニーは小説を書こうとしているが、ルビーとガンキャノンという雑念が入ってきて一向にそれがはかどらない。困っちまった、何とかこいつらを追っ払わなきゃ、とロニーは読者にその状況を切々と訴える。作者自身がぼやくところに、この作品の越境戦略がある——？　はて？　読者はしたがって、あたかもそれが現実のような錯覚に陥ることなど微塵もなく、「小説」を読んでいることを意識させられる、でしょうか。ここでようやくこの作品、と言うかポストモダン小説の本質が見えてきたようです。作品の終盤近くにはつぎのような思わせぶりな一節があります。

今ここの、この状況から始めよう。こちらの情景、あちらの情景。共通点のない、不透明でものすごく具体的なものから。次に寓話、注解、そういうのを進めて抽象に到る。そして輝かしき定式化に終わる。シンプルにして直接的な話法。

これはまさに、この作品がここまでに辿ってきた道筋です。こちら（ボストン、パリ）の情景、あちら（ライオン、リュート、水瓶）の情景。それらはどれもこれもオブラートにくるまれたかのように、澄みきっているわけではなく、ぼやけている。ルビー・ジェラニウムやガンキャノンが登場して、あたかも活劇のように繰り広げられる寓話。ここまでは、どう読んでもリアリティを欠く「つくりもの」の世界です。しかし、作者であるロニーが邪悪なイマジネーションを振り払おうとする注解の場面をもって、そこには「書く」というリアリティがにわかに立ち昇ってくる。と同時に「こちらの情景」「あちらの情景」「共通点のない、不透明でものすごく具体的なもの」「寓話」は、そのリアリティによって一気に抽象化される。そして、「消えちまえよ」というロニーの荒っぽい言葉に象徴される、「書く」ことは格闘技の一種である、という輝かしい定式化。これがつまり、「『小説を書く』ことを書く小説」の本質と言ってもいいでしょう。

「我々の経験の他者へのコミュニケーションが文明の基本的要素である」

本作品はこの言葉をもって結ばれます。「我々の経験」とは、他ならぬ「書く」という格闘行為です。「君の小説」を通じてこの経験をコミュニケートされた君は、さて、どんな話を作るのかな？

（ロナルド・スケニック「君の小説」＝文藝春秋版『and Other Stories』所収）

＊1　ロラン・バルト（一九一五〜一九八〇）はフランスの記号学者。「記号」の概念を、言語学や文学だけでなく、食生活や広告など、広く私たちの生活の周囲に見出し、考察したことで知られます。『零度のエクリチュール』『表徴の帝国』『神話作用』など。

＊2　『マザー・グース』はもちろん、「小説」ではなく、「ナーサリー・ライムズ」と呼ばれる「わらべ歌」です。

7　田舎町に押しよせるモダン――ウィリアム・キトリッジ「三十四回の冬」

　アートが撃たれた夜ベンは目を覚まし、マリーが電話で話している声を耳にした。彼女は寝室の仄《ほの》かな光の中で彼の体をずっとゆすっていた。ひどくおびえているらしく、まるで自分自身を起こそうとしているみたいに彼のことをゆすりつづけた。彼女は妊娠八ヶ月だった。

「あの人死んだわ」と彼女は恐怖にちぢみあがったような静かな声で言った。心配していたことがついに現実になったとでもいわんばかりに。「あの人にはどのみちチャンスはなかったのよ」

「そんなことあるもんか」ベンは起き上がって彼女の体に手をまわし、ショックから立ち直らせようとした。

語り手の視点

物事の核心からいきなり入る。一見、そうした短篇小説ならではの書き出しにも思えますが、これはウィリアム・キトリッジ「三十四回の冬」の、中盤に差しかかろうかといったあたりです。原題は"Thirty-four Seasons of Winter"。「三十四回目の冬」ではなく、訳題通り「三十四回の冬」です。ある重大な事件をまず提示し、追って時間を遡りそこに至るまでの経緯を伝える。短篇小説にかかわらず、そうした時間の転置は読み手を引きつけるためにおうおうにしてとられる物語の戦略ですが、この作品は、引用にも登場するアートとベンという二人の男の幼少時代のエピソードから始動し、時間軸に沿いながら進行します（ただし、作品のほぼ冒頭で、アートが死んでしまったことにはさらりと触れられています）。が、それについてはひとまずここではおき、この引用をめぐるより重要な問題、語り口の問題に注目してみたいと思います。

その前に。ウィリアム・キトリッジは一九三二年オレゴン州生まれ。『and Other Stories』の村上解説では、「本書に収められた中では疑いなく最も無名の作家である」（傍点筆者）と紹介されていますが、キトリッジの存在がアメリカで認知されたのは、一九八七年に発表された、古き良き西部に押し寄せる現代化の波を綴ったエッセイ集"Owning It All"によってでした。キトリッジ自身、オレゴンの農場で生まれ育ちましたが、三十五歳の時に農場につきものの変化のない生活に幻滅を感じ、農業を捨ててアイオワ大学創作科[*1]で学びはじめ、やおら物書きの道を歩んでいます。代表作として他に、

「三十四回の冬」が収録された短篇集“We are not in This Together”、エッセイ集“Who Owns the West?”、“The Nature of Generosity”などがあります。一九九七年まで、モンタナ大学で上級教授として英文学と文芸創作を教えていました。

引用に戻りましょう。語り口の問題、と言いましたが、まず、この物語を語っているのは誰なのか。作品には「私」は出てきませんから、それは言うまでもなく、物語全体を俯瞰する第三者の語り手です。ところが、文中には、マリーの状態を表すくだりとして「ひどくおびえているらしく」「自分自身を起こそうとしているみたいに」とあります。この際、「らしく」「みたいに」というのは、いったい誰がマリーの動作から感じとったことなのでしょうか。マリーはベンをゆすりつづけている。したがって、ベンはまだ寝ているようです。眠っている彼にはマリーを見る視点が存在しない。ということは、この視点は、第三者の語り手のものであるのに違いありません。全知全能であるはずのその語り手をして、どうして「ひどくおびえていて」ではなく「ひどくおびえているらしく」で、「自分自身を起こそうと」ではなく「自分自身を起こそうとしているみたいに」なのでしょうか。それはとりもなおさず、この語り手は決して全知全能ではなく、二人の男女が置かれた状況を傍観的に眺めているにすぎない、ということの宣誓なのでしょうか。そこには、「弱い語り手」の姿が見えます。マリーにゆすられベンは目を覚ましますが、その時マリーは、「恐怖にちぢみあがったような静かな声で」「あの人死んだわ」とベンに告げます。ここでもまた、彼女は「恐怖にちぢみあがった静かな声」ではなく、「恐怖にちぢみあがったような静かな声」（傍点筆者）を発するのです。語り手にとってそれは、確信ではなく、不確かながらそのように感じられる、ということなのでしょうか。

ところが、よくよく注意してみると、引用の出だしには、「アートが撃たれた夜ベンは目を覚まし、マリーが電話で話している声を耳にした」とあります。とすれば、マリーがベンをゆすっていた時、ベンは寝ぼけまなこながらもマリーの様子を察していた、と読むこともできます。ここでもうひとつの可能性として浮上するのが、語り手はベンの視点に立っている、という選択肢です。つまりそれは、男の視点です（そもそもこれは、ロラン・バルトの「人称的システム」を使えば、つまり、「ベン」と「マリー」をそれぞれ「私」に置き換えてみれば、「ベン」では文章が成立するのに「マリー」では文章的な支障が出てしまうことによって、ただちに男であるベンの視点であることが明らかになるのですが）。そう見ると、このテクストはにわかに私たちを誘惑し始めます。男の視点があるとすれば、女の視点もあるのではないか、と。

アートが撃たれた夜、マリーが電話で話していると、その声でベンは目を覚ました。彼女は寝室の仄《ほの》かな光の中でベンの体をずっとゆすっていた。彼女はひどくおびえていて、自分自身を起こそうとベンのことをゆすりつづけた。彼女は妊娠八ヶ月だった。

「あの人死んだわ」と彼女は恐怖にちぢみあがった静かな声で言った。心配していたことがついに現実になった。「あの人にはどのみちチャンスはなかったのよ」

「そんなことあるもんか」

彼女が震えていると、起き上がったベンの手が彼女の体にまわされた。

たとえば、このように視点を移動することもできる。こうしてみた場合、もしかすると彼女は、つぎにはベンのその手を振り払うかもしれない。もちろん実際は、泣き続ける彼女をベンが一晩中なだめていたようですが。

「見る／見られる」の反転

遅くなりましたが、作品のあらすじをおさらいしておきましょう。引用に登場するベンとアートは義理の兄弟であり幼馴染でした。農場の生活に飽きたアートはプロボクサーを目指し、やがて名をあげクララという女とつきあいはじめます。しかし、彼は試合中に右手を傷めあえなく二十五歳で引退。その後は定職につくこともせず、金がなくなればクララにバーのウェイトレスをさせて生活をつなげる。そんな折、アートはクララの働く店にマリーという黒髪の女を伴って現れます。その場に居合わせたベンは彼女にひとめ惚れしてしまい、この間の経緯については触れられていませんが、ベンはマリーと結婚することになる。ベンが三十四歳になった年にマリーは妊娠し、同じ年にアートは高校を出たばかりの赤毛の女に頭を撃ち抜かれて死ぬ。引用はその報せの電話をマリーが受けているところです。その後、マリーがあまりにも嘆き哀しむので、ベンは彼女とアートの関係を疑いはじめる。そして彼は、出産を間近に控えた彼女をひっぱたく。三日後、アートの葬式に参列したベンはクララの店に寄った後に留置所へアートを撃った娘を訪ね、ところが彼女の気分を損ねただけで家に帰る。そこで彼は、マリーの腹部に手をあてながら、アートとともに牧草地を駆け抜けた昔を懐かしむ。ううむ、マンダム。なんという男性中心的な世界でしょう。ここに描かれているのは、ひとことで言ってしまえば男の友情です。いっぽう、その影でクラとマリーという二人の女の人生が苛められる。語り手の視点の問題だけではなく、書き手の姿勢の問題としても、男性中心であるがゆえに、女は「らしく」「みたいに」と、主観的ではなく傍観的に描かれているかのようです。

けれどもそれは、言ってみれば「男女平等」や「女性解放」といった都市的な文化とは一線を画す、アヴァン・ギャルドしそこなった旧き西部のありのままの姿と見てとることもできます。先に、冒頭の引用部分をマリーの視点で書き換えてみましたが、そうすると俄然、今日的に言う、政治的に正しい《ポリティカリィ・コレクト》文章にはなります。しかしいっぽうで、「政治的に正しい」は国民的レベルにおける文化の均質化を強いる。「政治的に正しい」ことへの抵抗という意味ではなく、文化の均質化に抗《あらが》うのは文学のひとつの重要な役割であるはずです。だからと言って、男性中心的な世界を全面的に賞賛するつもりはありません。ようは、こういう世界もあれば、ああいう世界もある。そのことを伝えるのを放棄した時に文学は死する。極論をすれば、そういうことになります。そのうえで私たちには、たとえば、ひとつの文章を男性の視点で読み、またそれを女性の視点で読み替えることの自由が担保されるのです。

さて、「三十四回の冬」では、そうした男への絶対服従の世界に、ちょっとしたハプニングがあります。いや、ちょっとしたどころか、農業中心の、保守的な小さな町にあっては大いなるハプニングです。言うまでもなくそれは、アートが高校を出たばかりの小娘・ステファニーに頭を撃ち抜かれるという、この作品の中心をなす事件です。

「私があの人を好きだったのは、年とってたからなのよ」と彼女は言った。「あんたと同じくらいにね。なんでもきちんと出来るくらい年とってたからよ。そうしようと思えば私に良くすることだってできたはずなのよ」

保安官補は笑った。

「ずっとひどい気分だったわ」と娘は言った。「殺すのは簡単だった。今ただひとつ気分悪いのはあいつをゆっくりとのたうちまわらせてやれなかったことよ。それだけがただひとつ心残りね。ただひとつ」

「アートはあんたになんか何の負い目もないさ」

娘は保安官補のほうに目をやった。「この人つれてってよ」

ベンがアートを殺したステファニーに留置場で面会する場面です。これに先立ち、保安官補がベンの面会の意思を彼女に伝えると、彼女は「まるで動物園ね」と言って、にやっと笑っています。つまり、おそらくつぎつぎに面会人が現れ、ステファニーは見られる立場にあった。それは彼女が檻の中にいるという理由からだけではありません。ここには、「らしく」「みたいに」と、たえず見られる女性そのものの存在が隠喩されています。たとえば、アートがベンにクララを初めて紹介した時、彼女は「二十歳くらいだろうか、ノースリーブの白いブラウスを着ていた。車の中で眠ったせいでブラウスには皺がより、わきの下は汗で灰色に染まっていた。しかし彼女は金髪でよく日焼けして、遮るものもない百度を超す午後の熱気の中に立っていた」と、徹頭徹尾見られる。「ブラウスには皺がより、わきの下は汗で灰色に染まっていた」は、その後の「彼女は金髪でよく日焼けして」によって、「みっともない」ではなく、ほんとうはその灰色に染まったわきの下に手を伸ばしたい、という魅力的な女への男視線の発汗であるのは明らかです。またマリーも同様に「静かな物腰」「礼儀正しい」「黒髪に茶色の瞳」といった具合に観察される。そのいっぽうで、自分がたえず見られる側にいることを、この高校を出たばかりの娘は百も承知している。だから彼女はにやっと笑うのです。そして、この場面でのステファニーの視点は重要です、彼女は「あんたと同じくらいにね」とベンを見るのです。その光景に笑う保安官補は、「近ごろの若い娘は」と分別があるのだかないのだかわからないようなことを言わんばかりですが、ここは、田舎町の旧態的な価値観の無価値が晒される、その水際です。さらにそこから一歩踏みこんで、ステファニーは、見られる側にある檻の中から、その外にいる人間に向かって「この人つれてってよ」と指示を発します。ここに至って明らかに、「見る／見られる」の反転が生じています。檻の中の小娘を目の前にして、ベンは、それまで見る主体であった自分は同時に、見られる客体にもなるはずですが、はたして彼はそのことを自覚できたでしょうか。これについては、後ほどあらためて検討してみたいと思いますが、結論を言えば、まるでそんなことはありません。

父親の不在

ところで、この娘の言葉にはひとつの重大な文化的コードが埋めこまれています。ステファニーはベンに向かって、アートは「なんでもきちんと出来るくらい年とってたからよ。そうしようと思えば私によくすることだってできたはずなのよ」と言います。アートが彼女に頭を撃ち抜かれた時、彼は三十四歳でした。すなわち、二十歳前の娘にとって三十四歳の男は、普通に考えれば、思慮深く、自分に優しくしてくれるという幻想を彼女は語っているのです。彼女の言葉には、若い男／若くない男、軽い／思慮深い、優しくない／優しい、という二項対立図式がこれ見よがしに示されています。そして、彼女にとっては「若い男＝軽い・優しくない」は断固として「悪」であり、「若くない男＝思慮深い・優しい」は「善」なのです。この娘は「いささか頭がいかれている」と語り手は言いますが、彼女自身は、アート殺しを実行するにあたっては「じっくり考えた」と言っています。いったいどちらの言い分が正しいのか。しかし、いずれにしても、ここでより注目すべきなのは、「そうしようと思えば私によくすることだってできた」と彼女は言うわけですが、それではアートは彼女にいったい何を、「よくしなかった」のか、ということでしょう。そこには「軽い・優しくない」といった抽象的な言葉にくくられる以前の、切実で生々しい問題が孕まれているはずです。なにしろ彼女は、銃でアートの頭を撃ち抜いたのですから。女だてらに。

アートの人柄についてはいくつかの証言があります。マリーいわく「彼はまるっきりの子供だったのよ。楽しかったけれど、でもあの人本当に子供なの」。これは、ステファニーのアート評と重なっています。いっぽうアートの妻であるクララはアートの殺害にあたって「こうとわかってたら、私、あの男から何だってしぼり取ってやったのに。一切合財」と前置きしたうえで、「あいつの子供が生めるんなら私は全てをなげうったのに」と言います。

ところで、アートとベンが「義理の兄弟」である所以は、二人が十三歳の時、ベンの父親のコリーがアートの母親の家に「転がりこんだ」ことにあります。しかしその翌年には、アートの母親は飲み代ほしさにその家を売り払ってしまい、家がなくなるとベンの父親は「石油堀りでもやってくる」(!)と言って家を飛び出し、それきり戻らなくなります。アートとベンは母親を支えるために懸命に畑仕事をしますが、二人が十七歳になった春に彼女は逝ってしまう。その後アートは町を出てプロボクサーを目指します。

ここで明らかなのは、少なくともアートが十三歳の時には、彼には父親はいなかった。さらに、ベンが十四歳の時には、彼の父親もまたどこかへ消えてしまった、ということでしょう(その後ベンの父親は、彼とマリーが結婚した年の秋にコンバインの下敷きになって死にます)。加えて、アートと仲たがいしたクララは一時期、故郷のサクラメントに戻り、航空機部品の工場で働くのですが、その間に彼女の父親もまた死にます。まだあります。結婚したベンとマリーは、町はずれにあるマリーの父親の土地で暮らします。しかし、「父親の土地」でありながら、二人の生活にはその父親の存在が希薄です。マリーと言い争ったベンは、「外に出て彼女の父親の牛に餌をやった」とあります。なぜ当の父親は自分の牛に餌をやらないのでしょう。そう、作品の主要登場人物であるベンとマリーの夫婦にしても、アートとクララの夫婦にしても、合計四人の父親は皆、死んでしまうか、さもなければ所在不明なのです。

この、有り体に言うところの「父親の不在」は、「あの人本当に子供なの」というマリーの言葉や、「あいつの子供が生めるんなら私は全てをなげうったのに」というクララの言葉と表裏一体をなしているのは言うまでもないでしょう。すなわち、この作品世界においては、父性の復権が切に叫ばれている。しかも、それを叫んでいるのは女性たちです。かたや、「子供」のアートは言わずもがな、腹の中に自分の子供がいるマリーをひっぱたくベンも、父親になることを強く拒んでいる。アートの葬式が終わり、自分の店に立ち寄ったベンにクララはこう言い放ちます。「あんたなんてゼロよ」「まるっきりのゼロよ」。

さて、そのうえで、ステファニーのアート殺しはいったい何の比喩になっているか。それは、父親になれない男の、父親になろうとしない男の、リテラリーな抹殺に他なりません。

そうしたところに、この作品の底流にある文化的・社会的無意識を読みとることは可能でしょう。物語の舞台は、村上解説によれば「アメリカン・ドリームから何光年も離れた」町ですが、そんな古き良き西部に何らかの異変が起こっていた。父親像がすけだしていたのです。これは、時代背景や土地がらをほぼ一にするレイモンド・カーヴァーの作品世界とも相通じるところがあります（「三十四回の冬」が収録された“We are not in This Together”にはそのカーヴァーが序文を寄せています）。父親ばかりでなく、二人の子供がいるのに飲み代ほしさに家を売り払ってしまう母親というのも、あんまりと言えばあんまりですが、しかしクララやマリー、あるいはステファニーといった若い女性たちは、すすけゆく父親像に頑としてノーを突きつける。男たちが子供じみていて頼りないのに対し、女たちは保守的で強い意志をもっている。それが極限において表されたのが、ステファニーによるアート殺しでしょう。彼女は、男に見られるだけでなく、男を見ていた。また、若いころは男の視線に晒されることを好んでいたかのように思えたクララとマリーにしても、年齢とともに確実に男を見るようになっている。言葉を換えれば、この田舎町に訪れている異変とは、それまで女たちを見る側にあった男たちが、逆に女たちに見られはじめるという、男たちにとっては、どこかしっくりとこない空気の流れ、と見ることができるでしょう。女たちの強い視線に焼かれるように、彼らはすすけていくのです。

身重の妻に幼児回帰する夫

さて、最後にこの作品の結末を見てみましょう。

「いらっしゃいよ」とマリーが言った。「布団の中にお入りなさい」

「もうちょっとあとでな」とベンは言った。彼は台所に行って煙草を一本吸った。そして寝室に戻って妻のとなりに入り、彼女のおなかの上に手を置いた。赤ん坊の動くのが感じられないかと。彼は袖まくりしてアートと一緒に働いたあの暖かい二月の日を思い出した。彼らは後ろをうろついている牛たちに最後の干し草の束を与えて、一刻も早く町にくりだそうとしていた。風に磨かれた雪原の上に真昼の太陽が輝いていた。

クララに「あんたなんてゼロよ」と言われたベンは、「彼女ならあるいは俺がゼロじゃないことがわかってくれて、その理由を説明してくれるかもしれない」と思い留置場にステファニーを訪ねますが、先述のとおり、「この人つれてってよ」と追い返されます。なぜベンが、自分がゼロでないことを彼女ならわかってくれると思ったかと言えば、彼女は「アートのことを殺すほど憎んでいた」からです。けれども、すでに明らかになっているように彼女はベンという特定の男を憎んでいたわけではなく、いい年をしてすすけいく男たちという集合体を憎んでいたのです。ベンはそのことにまったく無自覚だった。追い返されて当たり前です。そして、そのようなことがあったにもかかわらず、彼にはまだ事態を呑みこむことができません。それがこの結末に、象徴的に表されています。

「いらっしゃいよ」「布団の中にお入りなさい」というマリーの言葉をその場では素直に受けいれず、ベンはキッチンで煙草を一本吸った後でベッドに行きます。そこで彼が手を触れたのは、妻の体ではなく、生まれてくる赤ん坊です。妻は母性的に彼を誘ったのかもしれませんが、彼はそのことに蚊の涙ほどの関心も寄せていません。言葉を換えれば、「いらっしゃいよ」「布団の中にお入りなさい」と言う妻に、彼は、そこに含まれていたかもしれない性的なニュアンスをいっさい感じとっておらず、その言葉を文字通り、子供をあやす母の言葉として受けとめています。そして赤ん坊を探る彼の手は、父親になることへの淡い期待をまさぐるのではなく、彼自身の幼児回帰願望の上を這います。妻の腹から手を離した彼は、いまは彼女に背を向けているかもしれません。その背が（つまり幼いころの思い出に浸る自分が）妻に見られていることに対して彼は、少なくともこの場においては、無自覚と見るのがやはり妥当でしょう。

けれどもこの作品には、そうやってすすけいく男たちに浴びせられる女たちの視線に男たちがまったく無感覚であるようでいて、実はそれを微妙に意識しているのではないか、と思わせる節があります。そのことは、「らしく」「みたいに」といった、男たちの女に対する遠慮がちな距離感によって示されている、と言うこともできるでしょう。あんた何感傷なんかに浸ってんのよ、もうすぐ子供が生れるのよ。おそらく、妻のそうした声は少年時代を想うベンのどこかには届いているのではないか。留置場でステファニーと対面した後ベンは、家までゆっくりと車を走らせます。降りしきる雪の中、家まで続く小径の両側は「樹木のかたちがぼんやり見えるだけ」（傍点筆者）です。車の窓に私たちは、内省的なベンの姿がほのかに投影されているのを見るでしょう。

さて、後回しにした「小説のつくり」の問題に話を戻しますが、もしこの物語がいきなりアートの死の場面から始まっていれば、それに続くのは「死」を定点とした記憶のフラッシュバックでしょう。「死」が重ければ重いほど、フラッシュバックが甘ったるい感傷で充たされてしまうのは、ままあることです。しかし、この作品はあえてそうしたつくりをしていない。それはあたかも、女たちから、そんなつくりはダメ、ときつく咎められているかのようでもあります。

（ウィリアム・キトリッジ「三十四回の冬」＝文藝春秋版『and Other Stories』所収）

＊1　アイオワ大学創作科（アイオワ州アイオワ・シティ）は、全米で最も由緒のある文芸創作学科のひとつで、代表的ＯＢには、テネシー・ウィリアムズ、フラナリー・オコナー、ジョン・アーヴィング、ロバート・オーレン・バトラー、Ｔ・コラゲッサン・ボイル、マイケル・カニンガムら、そうそうたる顔ぶれが並びます。

8 小説という名の劇場——ラッセル・バンクス「ムーア人」

時刻は夜の十時半ごろ、私は三人連れのうちの一人。ちらほらと雪の舞う中を、中年男たちが〔そう、間違いなく中年だ〕サウス・メイン・ストリートを横切って、「グリークス」に軽く一杯やりにくる。我々は今しがた、古いキャピタル・シアター・ビルにあるメイソニック・ホールで、第三十二階級の就任式のセレモニー〔訳注・フリーメーソンの集会である〕を済ませたばかりだった。それでちょっと一息入れようかということになった。私は真ん中にいて背がいちばん高い。名前はウォーレン・ロウ。これから私が語るのは、私の物語ということになる。あるいはあなたは、これはゲイル・フォーテュナータの物語だとおっしゃるかもしれない。なぜなら半生を隔てて、彼女にその夜ばったり巡り会ったことによって、私がこの話を始めることになったわけだから。

語られる「私」

引用したラッセル・バンクスの「ムーア人」の冒頭ではメタナレーション[*1]が作動しています。それに先立ち彼（＝ウォーレン・ロウ＝「私」）は、「これから私が語るのは、私の物語ということになる」と言っています。この後、本作品は一貫して現在形で語られますが、言うまでもなく彼（＝ウォーレン・ロウ＝「私」）の「私の物語」は、いままさにここで語られるのではなく、過去にどこかで語られたものです。その過去の地点とは、彼（＝ウォーレン・ロウ＝「私」）が「彼女にその夜ばったり巡り会った」後の、今日に至るまでのどこか、ということになります。が、それにしても、「これから私が語るのは、私の物語ということになる」とはなんと大胆な発言でしょう。語る主体であるはずの「私」が、語られる対象でもあることの宣言なのです。彼（＝ウォーレン・ロウ＝「私」）にとって、語ることは語られることでもあるのです。そのうえで、彼（＝ウォーレン・ロウ＝「私」）は「これから物語を語る」と前口上することによって、私たち読み手に、彼（＝ウォーレン・ロウ＝「私」）の語りから、「私の」、あるいは「ゲイル・フォーテュナータの」物語を構成するように求めるのです。

ラッセル・バンクスは、ここであえて紹介するまでもなく、アメリカ文学の第一線で活躍する作家です。大御所、と言ってもいいでしょう。一九四〇年マサチューセッツ州生まれ。代表作には『大陸漂流』『この世を離れて』、そして、一九九八年に「ザ・ヤクザ」のポール・シュレーダー監督が、ニック・ノルティ、シシー・スペイセク、ジェイムズ・コバーン、ウィレム・デフォーという豪華配役で映画化した『狩猟期』（映画題は「白い刻印」）などがあります。現在、地球規模の組織である「国際作家議会」の議長を務めています。どちらかと言えば長篇作家のイメージが強いですが、本作のような短篇や、また詩でも名声を得ています。多くの作品は生まれ故郷であるニュー・イングランドが舞台で、『バースデイ・ストーリーズ』の村上解説にある「暗いオブセッションを抱えた労働者階級出身の白人男性を主人公にした、自己破壊的な物語が多い」は言いえて妙です。なにしろ、ニック・ノルティ、シシー・スペイセク、ジェイムズ・コバーン、ウィレム・デフォーをひとくくりするとしたら、「暗いオブセッションを抱えた（自己破壊的な）白人労働者階級」、これしかないです。

さて、いまいちど冒頭の引用に戻ると、「これから私が語るのは、私の物語ということになる」の前段部分、「これから私が語るのは」が指し示すのは、彼（＝ウォーレン・ロウ＝「私」）がこれから、彼（＝ウォーレン・ロウ＝「私」）が体験したことを言葉によって再構築しようとする意思に他なりません。注意しなくてはならないのは、それは彼（＝ウォーレン・ロウ＝「私」）の「体験そのもの」ではなく、彼（＝ウォーレン・ロウ＝「私」）の「体験の再構築」であるということです。「体験そのもの」をほんの一秒も損なわずに、たとえばビデオカメラで逐一撮影したものならいざしらず、「体験の再構築」にはフィクション性が避けがたく横たわっている。そこにおいて彼（＝ウォーレン・ロウ＝「私」）はその再構築の中の一登場人物であるわけですから、自らが語るのと同時にまた自らも語られる、のは明らかでしょう。そのことは、たとえばつぎのようなくだりに端的に読みとることができます。彼（＝ウォーレン・ロウ＝「私」）とゲイル・フォーテュナータの会話です（傍点筆者）。

「あなたはそんな頼りない子どもじゃなかったわ、ウォーレン。だからこそ私はあなたにあれほど簡単に引かれてしまったのよ。あなたはとても神経が細やかだったし、いつか俳優として名をあげると思っていた。私はあなたを勇気づけてあげたかったの」

「勇気づけてくれたよ、ちゃんと」、私は神経質に笑う。

「私は神経質に笑う」は原文では 'I laugh nervously' ですが、日本語にしても英語にしても、「神経質に（nervously）」は、自分ではない者の目に映った自分の姿のようです。

演劇と小説のあいだ

ところで、彼（＝ウォーレン・ロウ＝「私」）は、先の引用からも窺い知れますが、若い頃から役者志望だったようで、その日、「第三十二階級の就任式のセレモニー」で「アラブのプリンス役」を演じています。彼（＝ウォーレン・ロウ＝「私」）が所属する団体は「フリーメーソン」で、それがどのような組織であるか説明をしだすと長くなるのでかなり大胆に言ってしまえば、「紳士秘密結社」のひとつです。起源はイギリスですが、アメリカにおいても広まり、独立宣言の起草にかかわったベンジャミン・フランクリンらも会員であったことが知られています。その団体のセレモニーのあとで、彼

（＝ウォーレン・ロウ＝「私」）はコールド・クリームがなかったためにメイクアップをすっかり落とすことができず、色黒の顔で打ち上げへと向かいます。彼（＝ウォーレン・ロウ＝「私」）がそれまで芝居をしていたというのは、つまり、彼（＝ウォーレン・ロウ＝「私」）が自ら媒介となり何かを語っていた、ということに他なりません。また、役者の心得がある彼（＝ウォーレン・ロウ＝「私」）にとって、「語る行為」は日常生活と不可分であるに違いありません。

　役者である彼（＝ウォーレン・ロウ＝「私」）が、「これから私が語るのは、私の物語ということになる」と宣言することによって、いやがうえにも、これから語られようとしていることの芝居《フィクション》性が強調されるわけですが、ここで私たちの注意を促すのは、「芝居」と「小説」の語られ方の違いでしょう。生身の役者が語りを担う芝居は、物語の時間操作が小説に比べてはるかに不自由であるのは言うまでもない。小説であれば、「あれは三十年前」と断った後にやおらフラッシュバックを挿入することができますが、芝居の場合は、役者が現前する肉体をもって、あるいは舞台が現前する装置をもって、瞬時に三十年前に移行するのは至難の技です。したがって、おのずと芝居は時間軸に沿って語られがちになる。つまり、普段はそうした直線的な時間軸の中での語りに慣れきってしまっている彼（＝ウォーレン・ロウ＝「私」）が、三十年前に付き合っていた女性とばったり出くわしたことを「再構築」するためには、役者としての肉体に刻まれた語りの時間軸を調整する必要に迫られる。そしてもちろん、彼（＝ウォーレン・ロウ＝「私」）は自らの肉体や舞台装置という、観客に向けてすでに視覚化されたものを媒介としてではなく、テクストという視覚化を促すものを媒介することによって、読み手にそのイメージの概念化を求めなくてはならない、はずです。ところがこの物語には、彼（＝ウォーレン・ロウ＝「私」）が役者であることの残滓が、確かに認められます——彼（＝ウォーレン・ロウ＝「私」）は、コールド・クリームがなかったために芝居のメイクアップを落としきることができなかったではないですか！　もうお気づきでしょう。芝居においては、役者がその場で語ることによって物語が発生する。本作もまた、彼（＝ウォーレン・ロウ＝「私」）の体験を、起こったもの（過去形）として提示するのではなく、いまこの場で起こっているもの（現在形）に装うのです。しかしその残滓は、こともあろうに八十歳の老婆にいともたやすく剥がされてしまう。

> 私がそのテーブルのそばを通り過ぎるときに、彼女は私の服の袖をつかみ、私の名前を口にする。名前のあとに疑問符を添える。「ウォーレン？　ウォーレン・ロウ？」
> 私は言う、「やあ、こんちは」、そして微笑む。しかし相手が誰だか、まだ思い出せない。

この時、彼（＝ウォーレン・ロウ＝「私」）は、自分が演じたアラブのプリンス役の痕跡として、「赤い唇、そして黒い顔料がまだ筋になって、ところどころに落ちきらず残っている」。しかも、仲間に言わせれば「すっかり立派なニガーに見える」ほど残っている。けれどもこの日まさに八十歳の誕生日を迎えたその老婆は、三十年ぶりの再会だというのに、メイクアップの下の彼（＝ウォーレン・ロウ＝「私」）の顔を見抜いてしまう。言葉を換えれば、彼のメイクアップを剥がしてしまう。そう、この老婆こそ、ゲイル・フォーテュナータその人です。いっぽうの彼（＝ウォーレン・ロウ＝「私」）は、老婆を思い出せずにいる。もちろん、彼女は芝居のメイクアップをしているわけではない。その二人のやりとりにゲイル・フォーテュナータの「老い」が深く刻みこまれているのは言うまでもありませんが、この引用の場面では、そこに来る直前まで芝居という直線的な時間の流れ（現在形）の中にあった彼（＝ウォーレン・ロウ＝「私」）の身体へ、大きな圧力とともに時間の逆回し（過去形）がつきつけられている、はずです。

　とは言え、彼（＝ウォーレン・ロウ＝「私」）は、「小説」よりも「芝居」へと私たちを誘いこもうとします。この物語のセットはアメリカのとある街の外れにある「グリークス」というバー&レストラン。時刻は夜十時半。ちらほらと雪の舞う中を三人連れの五十がらみの男たちがその店にやってくる。彼らのうちの一人は顔に奇妙な化粧跡があり、芝居か、あるいは仮装パーティーの帰りか。店の間仕切りの奥には、別の客が一組。中年夫婦二組と十代の娘が一人。彼らは全員が少々太りすぎている。彼らの輪がとり囲む中央には一人の老婦人がいる。痩せて、シルバーブルーの髪。喉のあたりの肉は垂れ、細長い平らな頬にはしみがでているが、その高齢にもかかわらず、きりっとしていて、いかにも怠りなく、えび茶色のニット・ウールのスーツをきちんと着こなしている。若い頃はさぞや美人であったことが窺われる。三人連れの男のうちの一人、ウォーレン・ロウは、かつてその婦人とどこかで出会ったような気がするが、それをうまく思い出せずにいる。連れの二人は、この店の上連さ、お前の昔の恋人じゃないか、などと勝手なことを言うが、そのことをたいして気にもとめない。バーに置かれたテレビからはセルティックスとニックスの試合中継が流れている。ニックスが勝ったのを潮時に、三人連れの男たちと老婦人一行は帰り仕度を始める。その時、老婦人がウォーレン・ロウの傍に寄ってきて彼の袖をつかむ。連れの男二人はその場を辞し、また、老婦人も家族を先に帰らせる。バーの客は、ウォーレン・ロウと老婦人の二人だけになる。テーブルについた彼らは三十年前の出逢いを懐かしみつつ、語り合いはじめる。

と、このような具合に、その芝居のセットは終始「グリークス」の店内です。また、少なくとも主役である二人の人物は、その間隙においては一歩も店の外に出ません。ここで読み手である私たちはまた、その舞台を見つめる観客にもなります。そして、私たち観客を目の前にして、この芝居の演出家は彼（＝ウォーレン・ロウ＝「私」）やゲイル・フォーテュナータに「演技」を求めるのです。

　私は数秒ためらう。ウェイトレスも新しい男の子も、バーテンダーもみんな帰ってしまった。残っているのはグリークだけだ。バーのスツールに座ってテレビの「ナイトライン」を見ている。私は真実を語ることもできる。嘘をつくこともできる。その質問をまったくやり過ごしてしまうこともできる。どうすればいいのか、むずかしいところだ。とうとう私は言う、「イエス。そう、あんたに会ったとき、僕はまだ童貞だった。あんたが最初の相手だった」と私は言う。彼女は椅子に深くもたれかかり、私の顔をじっくりと見つめる。そしてにっこりと微笑む。こんな素敵な誕生日のプレゼントをもらったのは初めてだというみたいに。

ここで重要なのは、彼（＝ウォーレン・ロウ＝「私」）は、それが真実であるか嘘であるかを、読者にはきっぱりと伝えることができたはず、ということです。加えて、その彼（＝ウォーレン・ロウ＝「私」）の告白に対してゲイル・フォーテュナータも、彼女がそれを真実と思うか嘘と思うかを、読者にはきっぱりと伝えることができたはず、ということです。それはもちろん、「本」という装置において可能になることです。しかしそのいっぽうで、「舞台」という装置においては、登場人物の内面（発声されない声）を観客に伝えることはできない。すなわち、先の引用のテクストが真実か嘘かをきっぱり断わってしまえば、それを芝居において百パーセント再現することは不能になる。ひるがえって、テクストがどっちつかずの状態にあるのは、とりもなおさず、ウォーレン・ロウなりゲイル・フォーテュナータなり、その役を演じる役者が表情や身振りで表現できる限界を指し示すものと見るのが妥当でしょう。そうした演出のもとに、役者たちには、自身の解釈によってそれが真実であるか嘘であるかを選択する自由が与えられつつ、ただしそのいずれかを無言のうちに観客に伝える演技力が求められるのです。なぜそれが、「どっちつかず」を表すだけの曖昧な演技であってはならないのか。当然のことながら、たとえばウォーレン・ロウは、自分にとって彼女が最初の女性であったかどうか、その真実を知っているからです。

　このようにしてみると、ゲイル・フォーテュナータが彼（＝ウォーレン・ロウ＝「私」）のメイクアップを剥がしたことは、それまでの芝居が終演したのを告げるのではなく、そこからあらたな芝居が始まるきっかけであると見なすこともできるでしょう。そしてメイクアップを剥がされた彼（＝ウォーレン・ロウ＝「私」）はそこで素顔を曝けだすのではなく、実は別のメイクアップをして舞台に上がるのです。それが、「私」（＝ウォーレン・ロウ＝彼）であることは言うまでもありません。なぜなら、物語の語り手である彼（＝ウォーレン・ロウ＝「私」）は舞台上では一登場人物として認められ、自分が知覚するものを観客の前に映し出す「私」には決してなれないからです。

ムーア人

彼（＝ウォーレン・ロウ＝「私」）にとってゲイル・フォーテュナータが初めての女性であったと彼（＝ウォーレン・ロウ＝「私」）が告白した後、その主意返しとも言える問いが、今度は彼（＝ウォーレン・ロウ＝「私」）からゲイル・フォーテュナータに向けて発せられます。

「オーケー、僕が知りたかったのはね、つまり、僕のことをべつにすれば、あんたには浮気の経験があったんだろうか、ということだよ。僕の前に」

ためらいはない。彼女は言う、「ないわ。私はフランクを裏切ったことはなかった。あなたの前にも、あなたのあとにも。夫をべつにすれば、あなたは私が愛したただ一人の男性よ」

私は彼女の言葉を信じない。しかし彼女が嘘をついた理由が私にはわかる。今度は私が微笑む番だ。私は手を伸ばし、彼女の手に重ねる。

残りの道、私たちは話をしない。彼女は息子の家までの道筋を私に教えるだけだ。

ここがこの芝居の山場と言ってもいいでしょう。先ほどとは異なり、彼（＝ウォーレン・ロウ＝「私」）は「彼女を信じない」と断言しています。が、それはこんども発声はされていません。この場面を役者の演技にして表せば、彼（＝ウォーレン・ロウ＝「私」）は彼女を見て微笑むだけです。微笑むだけで、「私は彼女を信じない。しかし彼女が嘘をついた理由が私にはわかる」をその文字通りに観客に伝えるのは、どんなに図抜けた演技力をもつ俳優であっても容易なことではないでしょう。とすれば、この小説のこの舞台はやはり、「演劇」ではなく「小説」なのでしょうか。いえ、この場面があるからこそ、私たちはそれが「演劇」であることを確信するのです。

彼（＝ウォーレン・ロウ＝「私」）はなぜ彼女が嘘をついたことがわかるのか。その理由とは何なのでしょうか。結論を言ってしまえば、なぜならこの間の二人の応酬は、彼らの芝居だったからです。引用に登場する「フランク」はゲイル・フォーテュナータの他界した夫ですが、彼女がその夫に対して誠実であったかどうか云々は、ここではさほど大きな意味を持ちません。また、彼女が彼（＝ウォーレン・ロウ＝「私」）の嘘を見抜いているのを彼（＝ウォーレン・ロウ＝「私」）は百も承知だった、と安易にこのテクストに意味をもたせようとするのも、私たちが「小説」においてしばしば陥りがちな罠です。

「顔についているのは何かしら？　メーキャップ？」

「ああ。ちょっと芝居に出ていたんだ。コールド・クリームがなくて落としきれなかった」、私は力なくそう言う。

「あなたがまだ演劇をやっていると聞いて嬉しいわ」と彼女は言う。

これが、二人が三十年ぶりに会話を交したそのとっかかりです。「あなたがまだ演劇をやっていると聞いて嬉しいわ」と彼女は、彼（＝ウォーレン・ロウ＝「私」）に言う。ここ（八十歳の誕生日を迎えた今日この場所）で彼女が彼（＝ウォーレン・ロウ＝「私」）に求めているのは、過去の淡い思い出ではなく、「芝居」なのです。息子夫婦や孫に誕生日を祝ってもらい、老婦人は、実生活においては、その日の「主役」であったに違いありません。しかし、彼女が彼（＝ウォーレン・ロウ＝「私」）の姿をバーで認めて欲したのは芝居の主役になることだった。そして彼（＝ウォーレン・ロウ＝「私」）はその相手役を買ってでた。主役はあくまでゲイル・フォーテュナータであり、彼（＝ウォーレン・ロウ＝「私」）は彼女の求めに応じて演技をすることを無言のうちに彼女に約束する。したがって、彼（＝ウォーレン・ロウ＝「私」）は「私」ではなく、最後まで「彼」でなければならなかったのです――「あるいはあなたは、これはゲイル・フォーテュナータの物語だとおっしゃるかもしれない」と、彼（＝ウォーレン・ロウ＝「私」）はこれみよがしに冒頭で断わっているではないですか！　そこに、「グリークス」というバー＆レストランをセットにした芝居、言わば芝居の中の二人の芝居が幕を開けていたのです。

そのうえで、「私は彼女を信じない。しかし彼女が嘘をついた理由が私にはわかる。今度は私が微笑む番だ。私は手を伸ばし、彼女の手に重ねる」は、それが芝居であることにここまで気づかなかった観客（＝読み手）へのワーニングになっています。つまりそれは、そんな眉唾な「純愛」こそ演じられるもの《フィクション》に他ならないというメッセージを、八十歳の老婦人の見えすいた、けれどもこの日の彼女にとっては重要な意味がある芝居を目のあたりにした彼（＝ウォーレン・ロウ＝「私」）の視点を通じて、私たちに伝えようとするのです。

この後、二人はキスを交し、「長いあいだじっと抱き合って」います。そして、別れ際。

「まだメーキャップがついているわよ」と彼女は言う。「演目はなんだったの？　聞き忘れちゃったけど」

「ああ」と私は言って、素早く頭を回転させる。彼女はたしかカソリックだったし、フリーメーソンのことを評価するとも思えない。「オセロ」と私は言う。

「素敵ね。で、あなたはあのムーア人の役だったの？」

「イエス」

ここでは、彼（＝ウォーレン・ロウ＝「私」）が明らかに嘘をついており、ゲイル・フォーテュナータはそれを見破っている。ところで、「オセロ」における「あのムーア人」とはいったい誰なのか。ゲイル・フォーテュナータは彼（＝ウォーレン・ロウ＝「私」）のメーキャップを指して「ムーア人」と言っているわけですから、「オセロ」の「ムーア人」もまた肌の色が黒い人物に違いない。ゲームの「オセロ」を思い出してみてください。駒は白と黒。無論ゲームの語源はシェイクスピアの「オセロ」にある。貴族出身の白人の妻・デズデモーナに対し、軍人で、肌の色が浅黒いムーア人・オセロ。そう、「オセロ」における「あのムーア人」とは、他ならぬそのオセロ自身です。「あのムーア人の役だったの？」というゲイル・フォーテュナータの物言いは、どこかそのオセロを蔑む感もありますが、ここでは彼女の人種意識を取りざたす必要はないでしょう。貞操を疑って妻を殺害したものの、それが旗手イアーゴーの謀略であることを知り自殺するオセロ。すなわち、ゲイル・フォーテュナータが彼（＝ウォーレン・ロウ＝「私」）に向かって「あのムーア人の役だったの？」と言う時それは、「私があなた以外には浮気しなかったということを疑っているの？」という意味になる。さらに噛みくだけば、それは「あなた、浅はかね」に等しい。ここで私たちはあらためて、この短篇のタイトルが「ムーア人」であったことを思い起こします。「ムーア人＝オセロ」とは、言ってみれば「浅はか」。

ゲイル・フォーテュナータと別れた彼（＝ウォーレン・ロウ＝「私」）は、「家まで車を運転するあいだ、泣き出すのをこらえるのが精いっぱいだった」。そして、「時間はやってきて、時間は去り、それを取り戻すことはできない」と自分に向けて言う。その後に続く「私が手にしているのは、今この目の前にあるものだけなのだ」はいかにも芝居がかっていますが、彼（＝ウォーレン・ロウ＝「私」）は気がついたのです。この夜、ゲイル・フォーテュナータに付きあって演じた芝居より、もっと迫真の演技に自分がかつて、主体である「私」としてはなく、客体である「彼」として巻きこまれていたことを。その芝居とは、三十年前にゲイル・フォーテュナータによって演じられたものであることは言うまでもないでしょう。

（ラッセル・バンクス「ムーア人」＝中央公論新社版・村上春樹翻訳ライブラリー『バースデイ・ストーリーズ』所収）

＊1　物語の語り手である「私」ことウォーレン・ロウが、「あるいはあなたは――」と読者に直接呼びかけていることを指します。

9　君に語りかける小説——デイヴィッド・フォスター・ウォレス「永遠に頭上に」

二つの黒いスポット、暴力的であること、そして時間という井戸の中への消滅。高さは問題じゃない。君が地上に戻れば、それはみんな変わってしまう。君の体重と同じように。でもそれじゃ、どっちが嘘になるんだ。ハードなこと、それともソフトなこと？　沈黙、それとも時間？

どちらかひとつ、ということ自体が嘘なんだ。じっと空中にとどまっている蜂は、考える以上に素早く動いている。頭上からの甘さが、そいつをクレイジーにしてしまう。

ボードはこくんと肯き、君は行くだろう。そして皮膚でつくられた二つの黒い目は、雲のしみがたくさん浮いた空に盲目の視線を交わすことができる。永遠であるぎざぎざの岩塊のうしろに暗い斑点の散った光が注ぐ。それが永遠だ。皮膚の中に足を踏み入れ、そして消える。

やあ。

実験小説が今日の君の課題だ

デイヴィッド・フォスター・ウォレスの実験小説が今日の君の課題だ。この作品の終盤まではなんとかついてくることができた。物語の主人公である「君」は今日が十三歳の誕生日。「君の左側の脇の下には、今では七本の毛が生えている。右側には十二本。危険なくらいしぶとくねじれていて、硬くて黒い毛だ。もっとたくさんのハードにねじれた毛が、今では君の性器のまわりにも生えている。その数はもういちいち数えることができないくらいだ」。その十三歳の「君」には、今夜誕生日パーティーが予定されている。所はアリゾナ州ツーソン。日中は文字通り身体が焦げつくほど暑い。「君」はプールサイドにいて、いままさに飛び込み台に続く梯子を登り、冷たい水の中へと身を投じようとしている。君には、少なくともそれは理解できる。いや、ここまでは理解できた。けれども、このエンディングに至り、君の思考はフリーズしてしまう。「二つの黒い目は、雲のしみがたくさん浮いた空に盲目の視線を交わすことができる」とは、何なのだ？　「永遠であるぎざぎざの岩塊のうしろに暗い斑点の散った光が注ぐ」とは、何なのだ？　もしや、と思い、君は原文にあたってみる。

The board will nod and you will go, and eyes of skin can cross blind into a cloud-blotched sky, punctured light emptying behind sharp stone that is forever. That is forever. Step into the skin and disappear.

Hello.

だめだ。ちっとも役に立ちやしない。ますますわからなくなる。

デイヴィッド・フォスター・ウォレス、一九六二年、ニューヨーク州生まれ。二〇〇八年九月十二日没。自宅で首を吊っているのを妻が発見した。享年四十六歳。両親はともに大学教授。小説家デビューは一九八七年の長篇『ヴィトゲンシュタインの箒』。その後、短篇集『奇妙な髪の少女』でポスト・モダン作家としての地位を確立し、一九九六年、アメリカの文化、サブカルチャーを縦横無尽に行き来する長篇“Infinite Jest”で、トマス・ピンチョンやドン・デリーロらとも比肩される、実験小説の旗手になった。だが、そうした作家の経歴は君には何の助けにもならない。ただ、それは「実験小説」であるということ。感性的で独創的な文章スタイルによって、読み手とのストレートな交信が阻まれる。言葉を換えれば、読み手のポジションにおける物語の再構築作業を、作家の言葉が邪魔をする。これは「詩」、なのだろうか、と君は思うかもしれない。とすれば、そもそもそこには「物語」などない、のではないか、と君は思うかもしれない。

——どちらかひとつ、ということ自体が嘘なんだ。これはひとまず、よしとしよう。それなりに真剣に文学を学んできた君には、それくらいはわかる。二項対立という誘惑。物事の白黒をはっきりさせることを建前にする、たとえば古舘伊知郎のニュース、に君は違和感を覚える。古舘が声高に叫ぶ、その対立という装置自体が無効であることを、装置の内部において示していかねばならない。しかし、と君は思う。人間は、つきつめていけば、結局は「男／女」という二項対立に至るのではないか。先人がその対立図式を内部から崩壊させようとどれだけ奮闘してきたところで、男でないもの、それは女でしかないし、女ではないもの、それは男でしかない、と君は思う。第三の性など、君にはありえない。君は、「入れる／入れられる」という、あるいはそれを「入れてあげる／入れてもらえる」と置き換えればそこには確かにその内部において対立感が薄まるが、君にとっての究極の二項対立の呪縛から、決して逃れることはできない。

「良心的な実験性」という良心的な批評性

そもそも、どうしてこの物語は「私」や「彼／彼女」ではなく「君」なのか。「君」と呼びかけられるのは君のことなのかと君は思う。でも、もちろん君は「君」ではない。君は十三歳でもないし、今日が誕生日でもない。君は飛び込み台の梯子にいまつかまっているわけでもなく、君の目の前には女性の美しいくるぶしがあるわけでもない。君の目の前にあるのは、「君」と呼びかけてくる本であり、けれども君はその本にすっかり集中しているわけでもなく、なぜか岐阜県のことを考えている。そう、それが君だ。かと言って君は、岐阜県の出身でもなければ、それどころか岐阜県に足を踏み下ろしたことすらない。ただ単に気になっているだけだ、千葉県、三重県、奈良県、滋賀県、佐賀県。二文字の県名のうち「県」をとった時にどうして「岐阜県」だけがアクセントが移動しないのか、と。いまの君にとっては、デイヴィッド・フォスター・ウォレスよりもそちらのほうがより重要な問題だ。そう、それが君だ。「岐阜」のアクセントを移動してしまうと同音異義語があり、そちら、つまり「義父」のほうが、「岐阜」よりも優勢な言葉だからだろうか、と君は思う。そう思う君に、「君はこれまで見たことのないような夢を何度か見た」と本は語りかけてくる。そんなことはない、と君は否定するが、いや、そう言えばそんなことがあったかもしれない。

そこで試みられているのは、「読者《どくしゃ》」の意識を、語り手と登場人物＝すなわち言葉の発せられる場所と言葉の指し示す場所に――つまりは「小説の言葉にかかわる端点」のうち、通常「読み手」の占める場所以外の二ヶ所のいずれかに――送り出そうとする企てである。だから彼らは、読み手に「きみは」とぶっきらぼうに語りかけるのだ。それが読み手に感じさせる居心地悪さは、もはや戦略的なものである。

（前田塁『小説の設計図』青土社版、71頁）

そう、「そこ」（「きみ」と呼びかけられる本の紙上）は確かに居心地が、このうえなく悪い。君は、残念ながらその『小説の設計図』がとり上げる三冊のうちミシェル・ビュトール『心変わり』も島田雅彦『彗星の住人』も読んだことはないが、もう一冊の法月綸太郎『二の悲劇』は読んだ。倉橋由美子『暗い旅』やジェイ・マキナニー『ブライト・ライツ、ビッグ・シティ』も読んだ。君は思う、なぜ君の意識を「語り手と登場人物＝すなわち言葉の発せられる場所と言葉の指し示す場所に」送り出そうとする、これら作品の紙上は居心地が悪いのか、と。

「きみ」や「あなた」ではなく、それが「私」や「彼／彼女」であれば、無論君は君ではない彼らのことだと割り切り、自らを彼らに重ね合わせるのを拒むことができる。いっぽう、君は君ではない彼らに対して類似点を見出し君自身と彼らとを同一視することだってできる。それは君の自由だ！しかし、「君君」と呼びかけてくるこれらの作品はかえって、「君」が君であるかどうかの確認をたえず求められ、その確認を君がつねにしなければならず、そのことが君の「君」への感情移入を拒む。そう、これらの本が呼びかける「君」は君だけではないのだ。これらの本を読むすべての者が「君」と呼びかけられるのだ。どこの誰とも知らないそいつらと君は絶対に同一視されたくないし、したくない。言葉を換えれば、「私」や「彼／彼女」は君ではないが、唯一無二の「私」であり「彼／彼女」だ。だから君は、その「唯一無二」という特権をもって、「私」や「彼／彼女」と自分とを、むしろ同一視したがるかもしれない。ところが、「君」と呼びかけられる時、「君」は君にとって唯一無二の君でありながら、「唯一無二の『君』」はそこいらじゅうにいる（その本が君一人のために書かれた地球上でたった一冊の本であれば、べつの話だが）。そのことによって君は、「君」であることを否定したくなる。自分が呼びかけられる自分であることを否定したくなる、それ以上の居心地の悪さがいったいどこにあるだろう。

ところで君は、『小説の設計図』が「良心的な実験性」があるとする法月綸太郎『二の悲劇』のことが気になりだす。「良心的な実験性」とは、この推理小説が、「反転」（「『きみ＝二宮良明』という前提を読み手に与えておいて、最後にそれを奪い去る」）を、「物語上で一方的に与えるのではなく、反転の瞬間に、『きみは〜』と読まされていたテクスト自体の性質が変質する仕組みにある」（71頁）ということらしいが、そういうことなのかしら、と本棚の奥から何年も前に読んだその『二の悲劇』をひっぱりだす。その本が推理小説としての大いなる感動を君にもたらした記憶は、君にはない。いやむしろ、「構想十年、執筆二年」というもったいぶった口上に肩透かしをくらったような気さえする。結末も平凡すぎたはずだ。しかし、あらためてページをぱらぱらとめくりながら、そうか、語り手は君を「きみ＝二宮良明」と暗示にかけようとしていたのか、と君は思う。そして物語の終盤で、実は「きみ」と呼びかけていたのは語り手ではなく、同時に「きみ」と呼びかけられていたのは君ではなく、作中人物による、実体のない像に対する呼びかけであったことが判明することによって、「テクスト自体の性質が変質する」ということなのか、と君は思う。そのことに気づいていたら、と言うのは、君があの本を読みながら「きみ＝二宮良明」という暗示にとり憑かれていたら、さぞかし結末ではのけぞってしまったことだろう。それがつまり、『小説の設計図』が主張する、この作品が「トリックとしての『反転』の効果を最大限に機能させようとする」（71頁）ところになるのだろうが、けれども、まるでそんなことはなかった。なぜなら君には、「きみ＝二宮良明」などという図式は最初から胡散臭かったし、見え透いていると思ったからだ。しまった。そのように読まなければいけなかったのかしら？　誰しもがそのように読んでいたのかしら？　だからこそ君は、この推理小説を最大限に味わえなかったのかしら。待てよ。『小説の設計図』がこの作品の本質を「良心的な実験性」と言うのは、いっぽうで推理小説としての評価を度外視する良心的な批評性から、ではないか。ひるがえって、『二の悲劇』の推理小説としての壮絶なる悲劇は、「きみ＝二宮良明」という前提が君に与えられなかった時に、君が騙されなかった時に、もたらされたのではないか、と君は思う。

騙される。たとえばそれを、君がすっかり騙されてしまった推理小説、伊坂幸太郎『アヒルと鴨のコインロッカー』と比較してみよう。この物語の最大のトリックが明るみになった時、変質をきたすのはテクスト自体の性質ではなく、主要登場人物の声質だ。もちろん、その人物の声は書かれたものであるから、その声を君は聞くことはできない。しかし、物語の終盤で君は、そこにはその人物の声質が存在していたことを知る。聞こえないはずの声の質が確かに変化することによって。

『アヒルと鴨のコインロッカー』のその「変質」は、あくまでも物語の内部において発生する。かたや、『小説の設計図』が『二の悲劇』に見るのは、「テクスト自体の性質の変質」という、物語の外部における変質であるのは言うまでもない。したがってそれに沿えば、君が『二の悲劇』に向かい合う時、テクストは君に、君が物語を読みその世界に身を埋めつつ、しかし君という実体が物語の外部にあることを意識するのを中断しないよう、合理的に期待する。ところが、君は「きみ」と呼びかけられることによって、「きみ」が唯一無二の存在ではなく、不特定多数の誰かを指すのを感じてしまっている。したがって「きみ」と呼びかける時点ですでに、このテクストは物語の外部へと君を誘導している。あるいはそれこそが、君という実体が物語の外部にあることを意識させ続ける戦略と言えなくもないが、いずれにしてもこの物語はそうやって、君が物語の内部へ侵入《かんじょういにゅう》するのを執拗に拒むのだ。それは、『アヒルと鴨のコインロッカー』の語り手が巧みな話術によって君を物語の内部へと誘導しようとする戦略の対極にある。そこに、このふたつの推理小説の分水嶺がある。そもそも「僕」と「わたし」で交互に語られる『アヒルと鴨のコインロッカー』にあって、ある事情から「わたし」は物語全体の語り手とはなりえない。だからと言って「僕」がその語り手かと言えばそれも違い、真の語り手は物語中には一度も姿を見せない「僕」の叔母だ。君は物語の内部に入りこむことによって『アヒルと鴨のコインロッカー』のその語り手には騙されるが、「きみ」と尊大に呼びかけ、しかし内部侵入を拒む『二の悲劇』の語り手には騙されないし、この物語が、君の旺盛な、読み手としての物語構成意欲に大いに報いているとも思えない。

だから君は、この推理小説を面白いとは思えない。いっぽう、『小説の設計図』はその作品に「良心的な実験性」を見る。もはや両者を隔絶する根拠は明らかだ。つまり、君は物語の内側における緊張感と、それが君にもたらすであろう満足感を期待するが、『小説の設計図』が期待するのは、物語の外側においてテクストが読み手との間につむぎ出す緊張関係だ。それらはしかし、互いに罵りあうような性質のものではない。なぜなら、小説の愉楽をどこに感じるか、それは君の自由だ！からだ。それにしても、君の手間は省けた。『小説の設計図』が推挙する『心変わり』や『彗星の住人』が君のテイストにはあわないことが、読まずともわかってしまったのだから。

デイヴィッド・フォスター・ウォレスの戦略

いけない、いけない。すっかりデイヴィッド・フォスター・ウォレスから遠ざかってしまった。「岐阜県」の問題も放置されたままだ。授業の時間は刻一刻と迫っている。今日は君が発表当番だ。

そして年上の女の子たち、大人の女性たち。みんなに感嘆の声を上げさせる存在だ。彼女たちの身体はフルーツのような、あるいは楽器のような、見事な曲線を描いている。その肌は古い謎に満ちた階段みたいに、目映《まばゆ》い茶色に光っている。水着のトップはいかにも華奢な色つきの紐でデリケートに結ばれ、ソフトでミステリアスな重みがそれによって支えられている。水着のボトムは、やさしく突き出したヒップ（それは君のとはぜんぜん違う）に低くかかっている。ヒップのどきっとするようなうねりや旋回は、光の中で溶け、まわりの空間に入り混じっていく。

いけない、いけない。君は「君」でないのを自覚しつつも、「君」の視点になってついつい引きこまれてしまう。「やさしく突き出したヒップ」は「君のものとはぜんぜん違う」！　待てよ、と君は立ち止まる。もしかしたら、それこそがこの作品の本質なのでないか。

そもそも、「君」と執拗に呼びかけるこの人はいったい誰なのかしら。「君」の父親なのか、兄さんなのか、先生なのか。いや、男とは限らない。母親かもしれないし、姉さんかもしれない。「君」の家族は、いままさに「君」がいるそのプールサイドで日光浴をしているが、ひとつだけ確実に言えることがある。「君」に呼びかけるのが誰であれ、その声は不埒だ！「ハードなこと、それともソフトなこと？」？「永遠であるぎざぎざの岩塊」？いまや君は、それらの選択された言葉に男性器と女性器を見る。そのうえで、「皮膚の中に足を踏み入れ、そして消える」は君の予感を確信に変える。

「君」と呼びかける声の主は、「プールは出来事を集めたひとつのシステムだ」と言ってはばからない。なんという不埒な。もちろん不埒なのは、その言葉が指し示すものではなく、小説の中でそう言い切る声の主の姿勢だ。なぜなら、「プール」はそっくりそのまま「小説」と置き換えることができるからだ。書き手の脳裏に浮かんだイメージが言葉によって代理表象（エンコード）され、その言葉によって代理表象されたイメージを読み手が再構築（デコード）する、その往還が「小説」という装置だとすれば、読み手が担う役割は、そこに書かれた言葉をひとつひとつ隅々まで理解することではなく、言葉によって構築されたシステムから抽象概念を導きだすことだ。そう割り切ることによって君の気分はいくらか楽になるとともに、デイヴィッド・フォスター・ウォレスの「実験小説」の戦略が、おぼろげながらその輪郭を示し始める。

つまり、デイヴィッド・フォスター・ウォレスは抽象度の高い言葉を使うことによって、物語を視覚化しようとする君の作業を妨げる、あるいは遅延させる。それは、レイモンド・カーヴァーの語り手が一台のカメラになり切ろうと努めたことと相対する。そこに、「ポスト・モダン」と「ミニマリズム」の反目があった、そう言い切ることもできるだろう。その意味では、たとえて言うなら、この「永遠に頭上に」を映画化することには何の価値も伴わない。そこには、飛び込み台の梯子を昇る十三歳の少年のその動作にあわせて、彼の目の前にいる女性のくるぶし、彼の後に従う男の禿げた頭、それにプールサイドで日向ぼっこをする彼の両親、友だちと「マルコ・ポーロごっこ」に興じる彼の妹の姿が映し出されるだけだ。それは、君がこの物語を読んで、表層的にデコードするイメージでしかない。この作品が抱える概念と不透明性とは、その映画においては、すっかり失われているだろう。

ここで明らかなように、デイヴィッド・フォスター・ウォレスの戦略とは、代理表象されたはずの彼の言葉によって、読み手にイメージの再構築を容易にさせないという、物語というシステムからの逸脱だ。彼のデビュー作は『ヴィトゲンシュタインの箒』という邦題がつけられているが、原題は“The Broom of the System”＝『システムの箒』であることに君は思い当たる。それは、『システムを掃き散らすもの』と言い換えることもできる。それを発見した時、君は文字通り溜飲が下がる思いがする、かもしれない。

さて、話のネジを巻き戻そう。この作品に埋めこまれている抽象的な言葉の群れが、どれも性的なものに向けられていると、いったん仮定してみる。そうすると、この作品は「物語」などという装置ではなく、単なる「ポルノ映画」であると、君は思い切り断定してみたくもなるだろう。「物語」と「ポルノ映画」の決定的な違いはなにか？ それについては、つぎのような示唆に富む考察がある。

エロティックな行為や残酷な行為の演技によって、「心を動かされる」ことを説明するのには――あるいは、現実の写真によって「心を動かされる」ことを説明するのには、手のこんだ概念などいらない。そうした心の動きは、たとえそれがどんなに激しいものであっても、物語構成の作業からでてくるものではないのだ。考えようによっては、自分の目のまえで誰かが乱暴されたり、セックスをしたりするのを見ることの方が「心を動かす」ものであり、そういう状況において主役をつとめることこそ、もっとも「欲求充足的な」条件なのかもしれない。しかし、それはもう物語構成を経験するということではないだろう。それはフィクションではなくて、なまの人生の問題であろう。

（ロバート・スコールズ／富山太佳夫訳『記号論のたのしみ』岩波書店版、134頁）

フィクションではなくて、なまの人生の問題。それこそが、このデイヴィッド・フォスター・ウォレスの「永遠に頭上に」の重要な問題だ。もしそれが映画であれば、単調に男女の交わる場面を映し出してさえいれば、そこには「フィクション」が排除される。それはまさになまの性交なのだから。しかしそれを活字で表そうとすれば、たちまち「小説」という装置が機能しはじめてしまう。デイヴィッド・フォスター・ウォレスはだから、その装置が機能しないようにあえて「概念」を駆使し、なまの人生の問題を突きつけようとしている、のだとしたら、これはもう、したたか、としか言いようがないではないか。それが「実験小説」が「実験」であることの所以でもある。ふう。

そして、君はノートを閉じる。これで今日の発表はどうにか乗り切れるんじゃないかしら。期末試験が近づいているせいか、カフェテリアの学生は四月ほど騒がしくはなくなっている。パソコンの画面に真剣に向かい合っている学生も何人かいる。あと三週間で夏休みだ。夏休みになったらなったで、実験小説のことも、小説というシステムのことも君はすっかり忘れ去ってしまうだろう。その前に。そう、その前に君はまだ「岐阜県」の問題を解決しなくてはならない。千葉、三重、奈良、滋賀、佐賀、岐阜、と君は呪文のように唱える。千葉県。千葉。ちばけん。ちば。岐阜県。岐阜。ぎふけん。ぎふ。そんな君の姿を呆気にとられたように二つの黒い目が見つめている。

「君君」

やがて君はそう呼びかけられる。声の主のほうに顔を上げると、そこには他ならぬデイヴィッド・フォスター・ウォレスの作品を君に課した担当教官がいる。「君君」と呼びかけられて顔を上げたのは君だけだ。

「きみくん」

彼女と教官は目をあわせる。そして二人の間隔は消える。

やあ。

（デイヴィッド・フォスター・ウォレス「永遠に頭上に」＝中央公論新社版・村上春樹翻訳ライブラリー『バースデイ・ストーリーズ』所収）

10　言葉への問い――マーク・ストランド「ベイビー夫妻」

〈もしこれが表面下のことでなければ、深くにあるわけのわからないものに考えを委ねたのでなければ、どうして私はここにたどり着いたのだろう？　ボブのブルーのメルセデスに乗って、渓谷の中へと、そしてまたこの薄れゆく光の中へと、沈むように消えていかなければ、どうして私はここにたどり着くことができただろう？　あなたの眼を、海に、その寄せ来る波に固定しなさい。それから、流れのままに、半昏睡の中をあてもなくさまよいなさい。いくつもの手押し車に載せられた好機のことを、いくつもの船いっぱいに積まれた約束のことを思い出しながら。それらはこの遠くにある今と、交換されてしまったのだ。その砕ける波と、その水の壁と、その波の塔と！　背をもたせかけて、感覚のまぶしい煌きに揺さぶられなさい。あなたの耳にする言葉（それはあたかも寄せあつめの音みたいに聞こえる）の造り主はあなた自身であるかのように。あなたが口にするかもしれない言葉の造り主はあなた自身であるかのように。何故ならあなたはあなたが耳にした言葉の造り主なのだから、そしてたとえほかに誰か造り主がいたとしたところで、彼はこの近辺にはいないのだから〉

「物語」のふたつの局面

前章のデイヴィッド・フォスター・ウォレスに続いて、またもや一筋縄にはいきそうもない文章です。しかし、このマーク・ストランドの「ベイビー夫妻」の一節は、デイヴィッド・フォスター・ウォレスの文章と似ているようでいて、確実にどこかが違う。それはひとことで言えば、デイヴィッド・フォスター・ウォレスの文章が私たちのイメージの再構築を拒んでいるかのようであるのに対して、この引用に見られるマーク・ストランドの文章は、むしろ積極的に私たちにイメージの再構築を促している、かのようです。

無論、マーク・ストランドはポストモダン作家ではなく詩人である、そうした先入観が私たちをそう導いてしまうのかもしれません。けれども。

じっと空中にとどまっている蜂は、考える以上に素早く動いている。頭上からの甘さが、そいつ

をクレイジーにしてしまう。（ウォレス）
あなたの眼を、海に、その寄せ来る波に固定しなさい。それから、流れのままに、半昏睡の中をあてもなくさまよいなさい。（ストランド）

こうやってあらためて二人の文章を並べてみると、ウォレスのそれは、私たちの理解力にあたかも電気ドリルでごりごりと削りこんでくるかのような脅迫的なものであるのに対し、ストランドのそれは、ただそこにじっと身を委ねていれば良い、そんな心地よさがあります。あるいは、ある程度の予備知識がある読者なら、系譜学や記号論に通じるストランドの一隻眼をすでに読みとっているかもしれません。

さて、マーク・ストランドは一九三四年カナダ生まれ。桂冠詩人であり、アメリカ現代詩界の押しも押されもせぬ第一人者です。その一年間のアメリカ文学の動きを回顧するような時には必ず毎年名前が挙がる、いやむしろ、まず、今年のマーク・ストランドはどうだったんだ、と問わないことには文壇の一年の回顧が始まらない、と言っても過言ではありません。"Blizzard of One"による一九九九年度のピューリツァー賞をはじめ、受賞歴多数（ただし、どちらかと言えば政治性・社会性を嫌う「全米図書賞」には縁がありません）。村上訳『犬の人生』は、ストランドの「小説家」としてのデビュー作（短篇集）で、原題は"Mr. and Mrs. Baby"。つまり本章でとり上げる「ベイビー夫妻」が本来の表題作ということになります。ところで、その『犬の人生』（中公文庫版）の村上解説には、そこに収められたストランドの作品群についてつぎのようなことが書かれています。

正確な意味では短篇小説と言えないのかもしれない。short story というよりはむしろ prose narrative（散文的語り）と呼んだ方が雰囲気としては近いような気がする。というのは、ここでは「物語性」よりは「語り口」の方がより大きな意味を持っているように感じられるからだ。一見して寓意のようにとられる要素が多く含まれているようだが、それらの多くは計算された寓意というよりはむしろ、前にも述べたようにきわめて自発的な「イメージの羅列」に近いのではあるまいかと僕は考えている。（中略）つまり、僕らがその「お話」によって実際にどれくらいの心的な移動を受けるかという、一種フィジカルなダイナミズムが、この人の「短篇小説」の要点なのではないかと考えるのだ。それは——おそらく言うまでもないことかもしれないが——詩の作用によく似ている。

長めの引用になってしまいましたが、これ以上に的確な分析はないであろうというくらいのすばらしい分析です。とりわけ注目されるのが、「物語性」と「語り口」との切り分け。それらは「物語」が「物語」となるための基本要素であることは言うまでもありません。「物語」ではない文章——あなたが授業を聞きながらノートに書きつけているような文章や、あなたの日記や、はたまた機械のマニュアル類——と「物語」とが識別されるのは、まさにこの二点によってです。そして「物語」には、

「語り口」の「物語」らしい美しさと「物語性」がともに備わっているものもあれば、美しい「語り口」でありながら「物語性」は脆弱なものもあり、少々乱暴な「語り口」でも説得力のある「物語性」を具えているものもあります。そしてもちろん、たとえば前章でとり上げた法月綸太郎の『二の悲劇』は、私には、少々乱暴な「語り口」（なかでもとりわけ、よしもとばななをもじった作家・吉本ばぎなが出てくるあたりでは、自分の目を疑いすらしました）でありながら「物語性」も弱いように思えたのですが、「語り口」や「物語性」の外側において「戦略」として「物語」を識別し評価する手立てもあります。ですが、ここではいったんそれをおくとして、つまり「物語」という装置が、私たち読み手に「言葉」そのものではなく「イメージ」を伝えるものであることを前提として、マーク・ストランドの「物語」は、「物語性」よりも「語り口」において、そのことを実行しようとする装置《フィジカルなダイナミズム》である、と言うことができるでしょう。

「アメリカ」という制度、「ＫＹ」という制度

冒頭の引用に戻りましょう。「もしこれが表面下のことでなければ、深くにあるわけのわからないものに考えを委ねたのでなければ、どうして私はここにたどり着いたのだろう？」と自問するベイビー夫人は、この場面で、ひとり詩集を小脇に抱えビーチにいます。「日々次々に起こる出来事は、彼女が必要としているものをないがしろにしている」と思う彼女は、ここで明らかに何かの存在に気づいていいます。「表面下のこと」であり、「深くにあるわけのわからないもの」です。それを、彼女がい

まこうしてこの場所にいるように仕向けている無意識下の制度と言い換えることもできます。砂浜に座る彼女の下にある地層、と言ってもいいでしょう。「日々次々に起こる出来事」は、彼女にとって抗うことのできない、しかし確実にいまこうして彼女がここにいることを規定する何ものかによってもたらされている。それが彼女にとって必要なものを、そして彼女自身をないがしろにする。砂浜で思索的な彼女は、そのことに自覚的です。そうした地層をすべてカッコの中にくくることによってはじめて、彼女の原質が詳らかになる。

「いくつもの手押し車に載せられた好機」「いくつもの船いっぱいに積まれた約束」。それらは、これに先立つ場面で、夫のボブが朝食の席で「それで君は、彼らがどこから来たのか知りたいんだね」と彼女に話しだしたことをうけています。「彼らはポーランドやらロシアやら、フランスやらドイツやら、トルコやらコンゴや、アイスランドやイタリアからやってきたんだ。中国やフィリピンからやってきたんだよ。彼らは次から次へとやってきて、叔母さんやら従兄弟やら妹やら弟やら、母親やら父親やらをつれてきた。船やら汽車やら飛行機やらでやってきた」。その特定されない彼らは、ボブによれば、アリゾナやアイオワやイリノイやネブラスカやアラバマやメリーランドやペンシルヴェニアやモンタナやハワイに行き、「彼らはスミス一家や、ゴールドバーグ一家や、ロドリゲス一家や、ベイビー一家だった。そうだよ、ベイビー一家も彼らの一員だった」。一見無造作に国名や州名が並べたてられているようですが、注意が必要です。国名の中には「イギリス」がありませんし、州名の中にはメリーランドやペンシルヴェニアといったアメリカ初期十三植民地も含まれてはいますが、マサチューセッツやニューヨークはありません。言ってみれば、それらの国や州はどれも「中心」ではなく、「周縁」です。そしてベイビー一家もまた、かつてはその「周縁」にあったのだと。その「周縁」とともにあった「いくつもの手押し車に載せられた好機」や「いくつもの船いっぱいに積まれた約束」は、「この遠くにある今と、交換されてしまったのだ」とベイブ・ベイビーは思うのです。もちろん、彼女が問題としているのは、「周縁」が「中心」の一部として振る舞うようになった、その間に堆積された地層にほかなりません。つまりそれこそが、「アメリカ」という制度であり、その制度を「知＝権力」と言い換えることもできます。

私たちの言葉もまた、似たような地層の上に成り立っているのは言うまでもないでしょう。自らの感覚を言葉にする時、私たちは言葉の制度に囚われの身となる。すなわち私たちは、取捨選択され制度化されてきた言葉の地層の上でしか自分の感覚を言葉にして表わせない。

若い読者の皆さんは「ＫＹ」という言葉を、いま（というのは、何年か後、あるいは何ヶ月か後にはその言葉はきれいさっぱり消えているかもしれない）しきりに口にしているでしょう。たとえば、その「ＫＹ」が生まれた瞬間は、人間の感覚が言葉の制度に勝利した瞬間だったのです。場の状況に無頓着な人間を「空気が読めないヤツ」ではなく「ＫＹ」としたところに、感覚がもたらす計り知れないエネルギーがあったのです。無論「ＫＹ」が生まれた瞬間、それ（その感覚）が一人の人間の独創に終わらず、複数の人間に共有されてこそそうしたエネルギーが認められるわけですが、ところが同時に、そのエネルギーが頂点に達するのもそのわずかな瞬間だけです。共有はすなわち制度の始まりです。さらに多くの人たちに共有されるようになると、それは地層の一部となっていきます。だから、いまあなたが場の状況に無頓着な人間を「ＫＹ」（余談ですがこれは私のイニシャルでもあります）と呼ぶ時、あなたは「ＫＹ」という使いならされ、もはやエネルギーを失った言葉によって自分の感覚を、さらには自分が目にする世界を切りとってしまう、たとえあなたがその人間に対して抱いた感覚が、ほんとうは「ＫＹ」で表せるようなものでなかったとしても。それが、「ＫＹ」という制度です。

話が逸れてしまいましたが、さて、ベイブ・ベイビーは何と言っていたでしょうか。「背をもたせかけて、感覚のまぶしい煌きに揺さぶられなさい。あなたの耳にする言葉（それはあたかも寄せあつめの音みたいに聞こえる）の造り主はあなた自身であるかのように。あなたが口にするかもしれない言葉の造り主はあなた自身であるかのように」。言葉が「寄せあつめの音」であり、その音が、その音ではないものを切り捨てることによって言葉が成り立つ、というのはフェルディナン・ド・ソシュール[*1]が示した言語観であり、またベイブの思考の前置きとなっている、さきほど「ＫＹ」について見たような、「あなたの耳にする言葉の造り主はあなた自身ではない」「あなたが口にするかもしれない言葉の造り主はあなた自身ではない」という言語観は、ソシュールに端を発する構造主義者たちの共通理念でもあったわけですが、彼女はおそらくそのことをじゅうぶんにわきまえながらあえて、「言葉の造り主はあなた自身であるかのように」「感覚のまぶしい煌きに揺さぶられなさい」と言っているのです。「何故ならあなたはあなたが耳にした言葉の造り主なのだから」です。ここで、あなたによって造りだされるのが「言葉」ではないのは明らかでしょう。あなたは確かに既存の垢にまみれた「言葉」の受け手ではあるが、その「言葉」から「感覚」を生みだすのはあなた自身である。ここには大胆な発想の転換があります。言葉は、発信者の指示内容を他者に対して絶えず十全に伝えうるものではない。例証としてよく使われるところですが、誰かが「わたしは昨夜鳥を食べた」と言う時、私たちは普通「鳥」を「鶏」と置き換えますが、「鳥＝鶏」という概念がない言語（身近では英語がそうです）を母国語とする人がこれを聞いたとしたら、その人が食べたものは'bird'にほかなりません。決して食用ではない、何やら毛がふさふさとした「鳥」がそこには想像されるかもしれません。それどころか、同じ日本人であっても「鳥を食べた」から、焼き鳥を想像する人もいるでしょうし、ローストチキンを想像する人もいるし、水炊きを想像する人もいる。つまり、私たちが何かを、言葉をもって人に伝えようとする時、そこに誤謬はつきものです。しかし、その言葉を受けとる側は、むしろそのズレに身を委ねなさい、とベイブは言うのです。無論、それがズレているかどうかについては、受け手本人は無自覚です。でもそれでいいのです。何故なら「たとえほかに誰か造り主がいたとしたところで、彼はこの近辺（あなたの感覚の近辺）にはいないのだから」。つまり、言葉の受け手は、そこに本来含意されていたかもしれないイメージを積極的に書き換える主体でもある、とベイブは言っているのです。それは、言葉の配達不能性でありつつ、永久的配達性と言い表すこともできます。

そのようにズレが承認され、感覚の永続的な運動が生じる場もまた、私たちの原質に違いありません。すなわちベイブ・ベイビーは、地層的な制度と言葉の両面で、この場面において自らの原質を問う。言葉を換えれば、自らを裸《ネイキド》にしたがる。ここに至って、彼女が山でも公園でもなく、ビーチに向かった、ビーチに向かわなければならなかったのは明らかでしょう。

　ベイブ・ベイビーがビーチにいるその時、夫のボブ・ベイビーにも啓示が訪れています。「何故かはわからないけれど気持ちが落ちつかなくて外に出てきた彼」は、そこ、自宅の前庭の芝生の上で、「すべての事物が、それら自身の限りある生命の光輝に包まれ、炎となって燃え上がるのを目にした」。その後家の中に入った彼はこう自問します。「どうして私はここにいて、ここじゃないところにいないのだろう？　どうして私はこのような人生を送ることを選んで、このようじゃない人生を選ばなかったのだろう？　私はどうしてこのように感じ、またときとしてこのようじゃなく感じるのだろう？」と。彼が目にしたものそれ自体の具体性はここでは問われません。ここで語られているのは、ようは、言葉にならない感覚です。彼が目にしたものそれ自体は、物質的には、それまで何度も見てきたものと同じものに違いありません。しかし、普段と変らないそれらが、この時の彼には、まったく普段とは異なるものとして感じられたのです。それは、彼の居場所も、彼の人生も、彼の「感じ」も、書き換えが可能である、ということへの自覚であると捉えていいでしょう。そう自覚した彼は、直後に生れてはじめて詩を書きます。日記でも小説でもなく、詩です。配達と書き換えの応酬が起こる、詩です。ここでは、べつべつのところにいる夫婦の想いがシンクロしています。しかし、彼らはどちらも、その時にそれぞれに生じた心的な移動を、相手には伝えまいと決意するのです。なぜなら、それらは言葉になった瞬間に、失われてしまうからです。

　このようにしてみると、マーク・ストランドの作品世界は「自発的な『イメージの羅列』」でありつつ、けれどもそれは無作為なものではなく、詩人としての彼の身体に刻みこまれた確たる信念のもとに羅列されていることを、私たちは思わざるをえません。

裸のランチ

この十の断章にわかれる「ベイビー夫妻」という短い作品の中で、他の部分をさしおいて何と言っても圧巻なのは「ベイビー夫妻は昼食を抜かす」の章であるのは言うまでもないでしょう。原文では‘The Babys Skip Lunch’と題されるその章は、「間に合わせで何かをするにしても、あるいはなしですませるにしても、ベイビー夫妻は洗練されたやりかたでいきたいと望んでいた」と書き出され、「ものごとというのは中途半端になされるべきではない」から、二人が昼食のテーブルにつき何かを食べる時間がない時、「彼らは禁欲の栄光に身を委ね」るとして、そこから先は、いつもならあるはずなのにその日の食堂にはないものが列挙されはじめ（リネンのテーブルクロス、銀器、タマネギのトナレリ、ライトでスモーキーなワイン、ガヴィ・ディ・ガヴィ[*2]から始まり、味けないサンドイッチ、粗末なグラスに入ったアップル・ジュースに至るまで）、そして実のところ、このリストがこの章の大部を占めてしまいます。もちろん「なにひとつない」と記してしまえばそれで済む話ですが、これは長々としたリストを示すことにより、それらがある光景を読み手にイメージさせておいて、しかし結果的にはそれらの不在をもって、リストの大きさをその日の台所の空虚感の大きさにすり替える戦略です。

もちろん、ここまでの展開を思えば、これらの食器や「食材の数々」は、「言葉の数々」として置き換えが可能です。リネンのテーブルクロスや銀器のように装飾的な言葉も、また味けないサンドイッチや粗末なグラスに入ったアップル・ジュースのように質素な言葉も、結局は誤謬を導くのであれば、いっそうのこと紙面を白くしてしまおう。そして絶対的な空虚感をもって、絶対的な空虚感という揺るがないイメージ伝えよう。ベイビー夫妻は、その食物《言葉》抜きの清澄なるイメージに浸り、その見事なる簡素さに対して、運命のいさぎよい拒絶に対して、音なき拍手を送ることだろう！

　ところが、つぎの「ベイビー夫妻は大いに泣く」の章になると、「でもその拒絶の行使はいささか行き過ぎであったかもしれない。そういう感がなきにしもあらずだった。そして空っぽの痛みが、退けられた食事以上のものにまで膨らんでしまったみたいでもあった」。この「ベイビー夫妻」はもともと、一九七九年の「ニューヨーカー」誌に発表され、その後この短篇集に収録されています。これはあくまでも可能性としてですが、もし初期の発表の場が雑誌でなければ、「ベイビー夫妻は昼食を抜かす」の章と「ベイビー夫妻は大いに泣く」との間に空白のページを差し挟むこともできたのではないか。その空白のページをもって、はたして読み手はイメージの再構築をすることができたか。これは言うまでもなく、そこにテクストがある以上に、読み手に対して物語に対する動的な姿勢を強いる行為です。音楽のコンサートで言えば、楽章と楽章の間にまったく無音の時間を差し挟む行為ということになります。そこまで極まってしまえば、「一体音のない音楽会でアンコールをするにはどうすればいいのだろうか」（ロバート・スコールズ／富山太佳夫訳『記号論のたのしみ』岩波書店版、122頁）と言い出す人もいます。この場合、アンコールを可能とするのは、「音なき拍手」以外にはありません。

そう、ベイビー夫妻はまさに、空っぽの食堂に向けて音なき拍手を送るのです。しかし、この後に訪れる二人のリアクションは、その効果について、明らかに懐疑的です。

ほんの数時間前に彼らの上にその魔法を発揮した意識の復元力は、今ではどこかに失せてしまっていた。彼らはそれぞれに、あるひとつの行動動機《モチーフ》に敗北してしまったように感じていた。失われた昼食は、そのモチーフのもっとも明白なるしるしに過ぎなかったのだ。彼らは口をきかなかった。まるで口のきき方を忘れてしまったみたいに。

ここに言われる「行動動機《モチーフ》」こそが、言葉による誤謬のない、まっさらな物語構築を促すために、読み手に対して何も提示しない（いや正確には、言葉を提示しない）という、行き過ぎな行為であることは言うまでもないでしょう。「失われた昼食」とは、無論「失われた言葉」でもあります。沈黙に覆われたベイビー夫妻は、その後、おいおいと泣き始めるのです。しかし、それにつられて私たちも泣いていてはいけません。二人はどのような結論に行き着いたのか。それはまた、マーク・ストランドという詩人であり作家の、言葉に対する意思表明ともなるわけですが、ここでは、それを私が私の言葉をもって伝えるよりも、この作品の本文を提示するのがもっとも効果的でしょう。私は、傍点をふるにとどめます。

「どうだろう」ボブは言った。「少し何か食べないか」

「その方がいいと思う？」とベイブは言った。「それって百合の花に金メッキをすることにならないかしら。つまり私が言いたいのは、人生が良きものであることを証明するためにわざわざ何かを食べることもないんじゃないかしらってことなんだけど」

「君の言わんとすることは、僕にもわかる」とボブは言った。


（傍点筆者）


ベイブは、「言葉は必要ないんじゃないかしら」という意味のことを、なお執拗に言っていますが、ところが、さきほどまで沈黙によって支配されていた二人は、ここでは確かに言葉を交しているのです。「君の言わんとすることは、僕にもわかる」。「言わんとすること」とは無論、「僕にストレートに伝わってくるようなはっきりとした言葉には置き換えられてはいないが、君の中に確かにイメージされていること」です。いけない。何も言わないと宣言したはずだったのに。最後に、こんどこそ何も言いません。

最終章の「ベイビー夫妻、眠りにつく」では、パーティーに参加し、とくに何ごとも起こらず「失礼のない程度の時間をそこで過ご」した二人が、裸になってベッドにもぐりこんだ姿がつぎのように記されます。

彼らの腕や脚はもうくたくたに疲れている。彼らの頭はぼんやりとして、「虚無《ナッシングネス》」の力と壮大さに屈しようとしている。声にもならない「おお」とか「ああ」とかいった忘却の言葉に。おお、ベイビー夫婦よ！　ああ、ベイビー夫婦よ！　今はどこにいる？　これからどこに行く？　どこだって同じことだ。

（マーク・ストランド「ベイビー夫妻」＝中公文庫版『犬の人生』所収）

＊1　スイスの言語学者（一八五七〜一九一三）。世界に存するあらゆるモノは言葉によってその概念を規定されると説き、モノが言葉に先行するというそれまでの言語観をコペルニクス的に転回しました。

＊2　ガヴィ・ディ・ガヴィはイタリアの名門ワインメーカー。日本では二〜三千円で多くの銘柄が手に入るようです。

11　それぞれの「差異」の感覚——W・P・キンセラ「モカシン電報」

「あんたらお偉いから貧乏なインディアンのギターなんて見たくねえんだろ?」とフランクは言った。「そらね、これはジョニー・キャッシュとかロイ・クラークとかの弾いているかっこいいギターとは違うわな。けれどこれが俺の買える精一杯なんだ」

そのアナウンサーはバッテリーがいっぱい詰まったパラシュートのようなものを背負った助手のほうをちらっと見た。二人は黒い何本ものコードで結びついていて、まるで潜水夫だか特殊な双子だかに見えた。

「それ、ラジオだ」と助手の男は言った。

「ギターだというふりをして」僕は噴き出さないように苦労しながらできるだけ真顔でそう言った。「そうしないとこいつすごく荒れるから」

「いいギターだね、それ」とアナウンサーが言った。
「これで話が通じた」とフランクは言った。

必要がないものに名前は伴わない

大爆笑の渦と言ってもいいW・P・キンセラの「モカシン電報」ですが、笑っておしまい、ではすまされないのがこの作品です。ことに右の引用部分。ここには、言葉に対する本質的な問いが投げかけられています。なにしろ、インディアン（政治的に正しく言えば「ネイティヴ・アメリカン」、否、ここでは「カナディアン・ファースト・ネーションズ」）のフランクにとっては、「ジョニー・キャッシュとかロイ・クラークとかの弾いているかっこいいギター」と安っぽい「ラジオ」とが、どちらも「ギター」なのですから。ようするに彼にとっては、と言うか、インディアンの生活にとってはギターもラジオも必要ない。必要のないものには、それらを見分けるための言葉も必要ない。だから「音が出るもの」であれば、彼らにとってそれは「ギター」でも「ラジオ」でもどちらでも大した問題ではないのです。

酔っぱらってセブン・イレブンの店員を襲ったインディアンのバート・レイムマンが、出動してきた王立カナダ騎馬警官隊に「五人か六人かはインディアンが殺せたんじゃないかというくらい沢山の弾丸を浴びて」射殺される。そのことが、「ソウゲンライチョウ」の皮をなめしてこしらえた特別な「太鼓」の音で遠く離れたインディアンたちに伝えられ、バートの葬儀に出席するためにカナダ・アルバータ州の小さなインディアン居留の町・ウェタスキウィンに続々とインディアンたちが集まってくる。それとともに報道陣も集まってくる。そんな一連のどんちゃん騒ぎを描いたのがこの短篇です。「ソウゲンライチョウ」の皮をなめしてこしらえた特別な「太鼓」を使う彼らの情報伝達手段は、白人によって「モカシン電報」と名づけられた、そういう経緯があります。つまりインディアンたちはそれを少なくとも「モカシン電報」とは呼んでいなかった。しかし、白人たちが、その彼らなりの伝達手段を実体としてはっきり把握するため便宜的かつ恣意的に「モカシン電報」という名をつけた。裏を返せば、白人たちは白人として、フランクの「ギター」と「ラジオ」とは違い、その電報の概念を言葉によって定めた。すなわち彼らは、まず彼らが日ごろ用いている情報伝達手段とそれとの間の差異を知覚し、つぎにそれらを言葉によって見分けたということでしょう。

ところで、あえて紹介するまでもなく、W・P・キンセラと言えばケヴィン・コスナー主演の映画「フィールド・オブ・ドリームス」の原作『シューレス・ジョー』の作者として、わが国でも名が知られている作家です。アメリカ・アイオワ州のとうもろこし畑に野球場をつくるというその映画の強烈な印象からアメリカの作家と思われがちですが、一九三五年生まれのカナダの作家。『シューレス・ジョー』のほかに、『アイオワ野球連盟』『野球引込線』などの野球小説で知られ、日本のプロ野球にまつわる短篇も発表していますが、本作品のようにカナダ先住民をテーマにした作品も多く発表しています。七十歳を過ぎた現在でも地元カナダ・ブリティッシュ・コロンンビア州の新聞などでコラムを発表し続けています。ただし、一九九七年に交通事故で大怪我をし、小説の執筆からは以降遠ざかっています。余談ですが、W・P・キンセラの日本における紹介者である永井淳さんは、その翻訳文体から一時期、村上春樹さんの別名と思われていたことがあります。

「差異の感覚」と「言葉」

フランクにとっては「ギター」と「ラジオ」の差異が認められないわけですから、それらを見分け、言葉によって言い分ける必要はないと前述しましたが、そもそも私たち人類にとって、「差異の感覚」と「言葉」の関係、その本質とはいったい何なのでしょうか。

それを考えるにあたってはやはり、フェルディナン・ド・ソシュールの記号理論が有効でしょう。英語の‘sheep’、‘mutton’とフランス語の‘mouton’にかかわるソシュールの考察があるのを多くの方はご存知のはずです。英語では「羊」と「羊の肉」を言い分けるのに対して、フランス語ではそれを言い分けない。これを自儘《じまま》に解釈すると、いま仮に、人生で初めて羊と羊の肉とを目の前に差しだされたとします。するとまず、「なんか、あの生きものとこの生臭いものとでは違うんじゃないか」という、差異の知覚が起こる。その「差異の知覚」こそが「意味されるもの」の土台です。けれどもこの時点ではまだ、それはぼんやりとした知覚に他なりません。けれども、ぼんやりとした知覚をそのまま放置しておくと、どうにも居心地が悪い。そこで、その知覚を実在としてはっきりしたものにするために恣意的に言葉があてがわれる。すなわち、この「なんか違うんじゃないか」という思いは、英語という言語においては、'sheep' と 'mutton' という二つの言葉があることによって充足される。ところがフランス語においてはそれがなされない。結果として英語では、'sheep' と 'mutton' という言葉によってもともとは同じ固体であるはずの物体が違う概念として切りとられるかたわら、フランス語では言葉によって異なる概念として切りとられない、ということになります。

今日「羊肉」を表す 'mutton' は、十一世紀以降にノルマンによって「羊」を表す言葉（ノルマン以前はケルト語）として英語に持ちこまれたことは知られているわけですが、右は、そのものに前もって割りふられた概念はない、言葉によってその概念は確定する、というソシュールの理論を裏づけます。ところで、ここにはもうひとつの段階があることに私たちは気づかされます。つまりそれが、私たちの「差異の感覚」と「言葉」の生成とには密接なつながりがあるのではないか、ということです。このことは、イヌイットは「雪」を表す多種多様な言葉をもっているとか、バッサ語では「虹」の色は二色しかないとか、幾多の例があげられていますが、そうした事態はもちろん、私たちが使う日本語という国語の内側にも見出せます。たとえば「チョウ」と「ガ」の問題。

「広辞苑」で「蝶」を引くと、「チョウ目のガ以外の昆虫の総称」とあります。かたや「蛾」を引くと、「チョウ目のチョウ以外の昆虫の総称」とあります。互いに自分の定義をするのに相手を利用しあっているのですが、どうやら「蝶」も「蛾」も同じ「チョウ目」ではあるようです。けれども、「ガ」を「チョウ」と呼ぶ、呼びたがる人はまずいないでしょう。そこには明らかな差異の感覚がある。私たちはこれらを言葉によって厳密に区別したがるのです。ところが、「チョウ」を細分化していくと、たとえば「モンシロチョウ」と「アゲハチョウ」を厳密に区別したがる人もいますが、さらに「アゲハチョウ」の中でも「ナミアゲハ」と「アオスジアゲハ」とを区別したがる人も確かにいますが、どれでも「チョウチョ」でかまわない、大した違いはない、人生に影響はない、という人もきっと少なからずいるでしょう。「ガ」に至るとこの傾向はもっと顕著です。「スズメガ」と「ボクトウガ」を区別したがる人がいったいどれだけいるでしょうか。絹をつくる「カイコガ」は別格かもしれませんが、「ガ」はどんなに色や形状に個体差があったとしても、とにかく誰がなんと言おうと「ガ」は「ガ」です。

ところで、その「チョウ」と「ガ」は、同じひらひらとした空を飛ぶ生物でありながら、肉質を伴った「トリ」とは一線を画す、という意味合いでは「同類」と言えます。しかし、その「同類」をひとつにして表すような言葉が、日本語には存在しない。しいて言えば、「チョウ」と「ガ」とをひとくくりにするつぎの段階は「虫」でしょうか。けれども、「チョウ」や「ガ」と「虫」のあいだにはいかにも距離がありすぎます。言葉を換えれば、「チョウ」や「ガ」と「虫」のあいだにはそのほかの多くのものが入りこむ余地がある。これは「モンシロチョウ」や「アゲハチョウ」と「チョウチョ」のあいだに「チョウ」のようなかたちをしたもの以外のものが入りこむ余地がないのと対照的です。とすれば、「チョウ」と「ガ」とはほぼ、そこから先に両者をくくる手立てがない、グルーピングの頂点と言うことができます。それはつまり、日本語という言語においては、「チョウ」や「ガ」

のようにひらひらと宙を舞う昆虫とその他の昆虫との差異よりも、「チョウ」と「ガ」その二者の差異のほうがより重大に知覚され、「チョウ」は「チョウ」として「ガ」は「ガ」として、それぞれ別個にその他の昆虫との差異的な対峙を主張している、かのようです。どうしてそこまで徹底的に、同じ宙を舞う昆虫なのに「チョウ」と「ガ」は区別されるのでしょうか。

あくまで音声学的にですが、「ガ」に近い音に「カ」があります。「ガ」つまり「蛾」も、「カ」つまり「蚊」も私たちにとっては、知覚的、体質的に、また実害的に忌まわしいものであるのは言うまでもないでしょう。英語でも「蛾」は'moth'、「蚊」は'mosquito'で、厳密には'moth'と'mosquito'のmの後ろのoの音は異なりますが、このふたつの語頭の音は、これらと「蝶」の'butterfly'を比べればわかることですが、はるかに近似的です。べつの言いかたをすれば、日本語の「チョウ」と「ガ」「カ」同様、英語の'butterfly'と'moth' 'mosquito'も、後者同志の音声的差異の度合いに比べ、前者と後者のそれは俄然大きい。これは、両語において、「ガ」と「カ」は、「忌まわしい」という対象に対する共通の知覚をもって音声的に隣同士のように並置されるかのようでありつつ、いっぽうで、「チョウ」と「ガ」「カ」は明らかに音声的に遠ざけられることによってしっかりと区別されている、という見方ができるでしょう。

さて、本題から逸れてしまうことを長々と述べてしまいましたが、ようはこうしたことが「差異の感覚」と「言葉」との生来的な関係と言えないでしょうか。そして、インディアンのフランクにとっては、「ギター」と「ラジオ」のあいだに「差異の感覚」が不在であるか、あるいは希薄であるために、それを「チョウ」と「ガ」のように異なる音声をもって区別する必要もない。それが、対象とする概念（意味されるもの）と、それを表す言葉（意味するもの）の関係、その本質なのです。

哀切が漂うギャグ

「モカシン電報」の物語全体を貫く出来事、と言うかメイン・イベントはひとりのインディアンの葬式のわけですから、そこには哀しみがあってしかるべきなのですが、しかしとめどなく押し寄せるギャグの波がすっかりその哀しみをさらっていくような感がある。たとえば、葬儀にかけつけたＡＩＭなる団体はつぎのように解説されます。

通常ＡＩＭは「アメリカン・インディアン同盟（American Indian Movement）」の略なのだが、我々のあたりでは「モカシン靴をはいたアホたれども（Assholes in Moccasins）」でとおっていた。

また語り手である呪師助手でありインディアン小説家の「僕」ことサイラスの周囲にできた報道陣の人垣を無遠慮にかきわけ中に入ってきた友人のフランクは、つぎのように振る舞います。

「俺、こいつのマネージャーだ」とフランクは僕を指して言った。そしてもう次の瞬間にはまるで可愛い女の子にホテルの部屋まで誘われたときみたいににっこりと微笑んでＴＶの連中に向かってこう言っていた。「天気の悪い週末には熊は自分の児を食べる」と。いったいそれがどういう意味なのか僕にはわからなかったし、フランクにだってわからなかった。でもTVの連中はその模様を映した。

これはもうギャグの連発と言っていいでしょう。『and Other Stories』の村上解説にもある通り、「僕」は「ズーズー弁のヘビーなインディアン・イングリッシュでまわりの人々の出鱈目でタフで非常識でずるくてドジで、愉快に暴力的な生態を一話また一話と語るわけだが、これがまさに抱腹絶倒」です。けれども村上解説はこのように続きます。「しかし大笑いして読み終えたあとにある種のやりきれなさが残る。歴史の手の中からこぼれ落ちていく少数民族の悲哀と言い切ってしまうのはあまりにイージーだろう。しかしそこにはたしかに何かが残っているのだ。大笑いの中でしか語れない何かが」と。まさにその通りなのです。この物語には「葬儀」という目に見えやすいものではなく、目に見えないところでとらえどころのない哀切が漂っている。私たちはそれをなんとなく感じることはできる。だが何が哀しいのか、具体的に名指しすることはできない。そう思っていまいちど作品の冒頭に戻ると、実はこの物語は葬儀が行われるインディアンの名前から始まっていることにあらためて気づきます。そして彼を筆頭に、この短い作品にはおびただしい数のインディアンが、フルネームでつぎつぎに登場します。

バート・レイムマン（びっこ《原文ママ》男）
フランク・フェンスポスト（囲いの杭）
バーサ・レイムマン（バートの母親）
ガンナー・ラフランボワーズ
ベデリア・コヨーテ
サイラス・アーミネスキン（語り手の「僕」）
マッド・エッタ
バッファロー・フー・ウォークス・ライク・ア・マン（人みたいな歩き方をする野牛）
セイディー・ワンウーンド（ひとつ傷）
ピーター・ローヒード
デヴィッド・ワンウーンド
エディー・パウダー
マーク・アンテロープ
サンドラ・ビターノーズ
ビート・クルックトネック（曲がり首）

それらの名前をもって彼らはこのカナダのコミュニティに存在しているわけですが、いっぽう、それらの名前によって彼らの実体はそこで失われている。どういう意味かと言えば、たとえばフェンスポスト＝「囲いの杭」にしても、ワンウーンド＝「ひとつ傷」にしても、クルックトネック＝「曲がり首」にしても、英語です。つまり、インディアン本来の名前は、もともとそれらは「囲いの杭」や「ひとつ傷」や「曲がり首」を指していたのかもしれませんが、英語に置き換えられてしまっている。彼ら部族の中で流通していた言葉に拠る名前は、もうそこにはないのです。これはとても哀しい。

アメリカをはじめとする北米大陸を比喩する言葉に「人種のるつぼ（Melting Pot）」というのがあります。多くの肌の色や、多くの言語をもつ異なる人々を大きな鍋の中に入れ、煮こみ、よくかきまぜる。そして、個々に独立する味をつなぐためにスパイスを加える。そうやって具材が溶けこみ一体化すると、スープなりシチューが出来あがる。つなぎに使われるそのスパイスこそが、イギリスを中心とする白人英語圏文化であることは言うまでもないでしょう。鍋の中で、本来はそれぞれの味覚をもっていた具材は溶けあわさり、イギリス化するのです（一時期、カナダではこうしたイギリス中心の社会的力学に反発してフランス語を公用語にする動きが活発になったのは有名です。現在カナダは「公用語法」により英仏二語が公用語として定められている）。そこでは出自の違うあらゆる人々が基本的には英語を喋り、また父や母から与えられたネイティヴな名前も英語文化圏的なものへと改められる。「人種のるつぼ」はやがて「サラダボウル」という言葉に置き換えられ、サラダはそれぞれの具材が混ざりあうことなく自らの個性を主張し、それらをつなぎあわせるために「神」という名のドレッシングが使われる、という今日で言う多文化主義へとつながってきたわけですが、しかし時すでに遅し、「モカシン電報」に描かれる、白人よりも先に大陸に住んでいたはずのインディアンたちもズーズー弁ながら英語を喋り、英語の名前をこの間にあてがわれるようになってしまっていたわけです。

「モカシン電報」の全体を覆うそこはかとない哀しさはこうした歴史からきている。すなわち、インディアンたちの英語的な名前の羅列は、彼らのもって生れた名前の喪失を示すイコンの数々にほかなりません。「天気の悪い週末には熊は自分の児を食べる」と言うフランクに対して「僕」は、フランクにも自分にもそれがどういう意味なのかはわからなかった、と言いますが、もしかしたらそれはどこかのインディアン部族の言い伝えであったかもしれない。けれども、そうであったとしても、英語圏的かつ白人中心の文明・文化にすっかり染まってしまったいまとなっては意味が失われている。語り手の「僕」が「一話また一話と語る」インディアンたちの「愉快に暴力的な生態」とは、「まさに抱腹絶倒」でありながら、失われたものごとに対する彼らの悲痛な叫びでもあるのです。

転覆される「言葉の確定性」

ところで、物語のほぼ冒頭で、騎馬警官隊に射殺されたバート・レイムマンについて、つぎのように語られています。

居留地の中でもバートのことが好きだなんていう人間は一人もいない。やくざで、泥棒で、うそつきだ。殺された日にだって何処かの密造酒を飲み、ヤクをやっていた。「もし誰かがドアノブが美味いっていったらあいつきっとそれ食ってたね」というのが、フランク・フェンスポスト(囲いの杭)がその時の彼に対して抱いた印象だった。

そのときバートは言ってみればラリっていたわけですが、ここで重要なのは「誰かがドアノブが美味いっていったらあいつきっとそれ食ってたね」というフランクのコメントです。もちろんドアノブは食べるものではない。「ドアノブ」という音から私たちはドアについている金属製あるいは木製のとってという概念を、通常は、結びつけるわけですが、ここでフランクが試みようとしているのは言うまでもなく、そうした「意味するもの」(「ドアノブ」)と「意味されるもの」(「とって」)の関係の転覆です。それは無論、「ギター」と「弦がある丸みを帯びた楽器」の関係の転覆にも相通じています。

ドアノブはドアノブ、ギターはギター、ラジオはラジオ。もうおわかりでしょう。それらは白人英語圏文化的な「意味するもの」と「意味されるもの」の関係の確定性に対する信仰、と言っていいでしょう。そうした信仰を眼前にして、「モカシン電報」に登場するインディアンたちは、その破壊を目論む。もちろんそれは、はかない抵抗であり、したがってそこには哀切が漂います。けれどもその抵抗は、白人英語圏的な文化や言語に占領されてしまった彼らの生活をとり戻そうとするためのはかない抵抗でもあるのです。

その抵抗行為が「出鱈目でタフで非常識でずるくてドジ」なために、この物語は表面的にはギャグを装いますが、その根底には失われたものへのノスタルジーがある。それが言うなればこの物語の本質です。そのうえで、「意味するもの」と「意味されるもの」の関係の確定性・不動性への白人英語圏文化的な盲目の信仰に対するインディアンの疑いの眼差しは、この作品を一種清々しいものにしています。一人のインディアンの死によって、居留地に住むインディアンたちは「報道陣《メッセンジャー》」という名の白人たちと接するまたとない機会を得るのです。インディアンたちは報道カメラやマイクを前にして白人英語圏的な文化に侵された歴史の転覆をはかろうとした。その行為の中央で彼らが、彼ら自身の「差異の感覚」によって示そうとしたのが、彼らがいまや公用語として用いている英語という言語の内部に潜むディスコミュニケーションの可能性であり、自文化の優越性であった。しかし、そのことはいったいどれだけ有効であったのか。彼らが歴史を巻き戻そうとしたスピード感は残念ながら、この小さなインディアン居留地に大勢の人々が集まり、そして去っていく、その欧米を起源とする現代文明に支えられたスピード感には到底及ばなかったようです。物語はつぎのように閉じられます。

> あれだけ騒ぎまわったというのにＡＩＭが得た新入会員はたったの三人だったと誰かが教えてくれた。ほどなく乗用車やピックアップやヴァンがハイウェイ２Ａのほうに向けて町を出ていった。そして北なり南なりに行ってしまった。そういう人達の何人かは物事の進行の外部にいて戸惑っているみたいに見えた。僕が物事の内部にいて感じていたのと同じように。

どちらかいっぽうの文化が他を優越する。大騒ぎの中で「僕」が持ち続けていた違和感は、そうした主張の無意味さに、その源泉があるのは言うまでもないでしょう。

（W・P・キンセラ「モカシン電報」＝文藝春秋版『and Other Stories』所収）

＊1　なぜかアメリカの田舎の人々の言葉は「ズーズー弁」に喩えられます。けれども、たとえばテレビ番組などでよくアイオワ州あたりの農民の言葉をズーズー弁で吹き替えていますが、これはおかしい。なぜなら、アメリカではこうした中西部の英語こそ最も標準的なアクセントと見なされ、テレビのニュースキャスターにも中西部出身者が多いからです。

12　リアリティとしての「リスト」——ティム・オブライエン「兵士たちの荷物」

中尉として、そして小隊長として、ジミー・クロスは磁石と地図と暗号帳と双眼鏡と、弾丸をフルに装填すると一・三キロの重さになる45口径のピストルとを携帯していた。彼はストロボ式フラッシュ・ライトと、小隊員たちの生命に対する責任を抱えていた。

ミッチェル・サンダーズは無線兵として、PRC25無線機を担いでいた。これはバッテリーを含めると重さ十二キロというおぞましい代物である。

ラット・カイリーは衛生兵としてモルヒネやら血漿やらマラリア用錠剤やら包帯やら漫画本やらその他衛生兵必携の器具・用具を詰めこんだキャンバス地の小型リュックを背負っていた。とくにひどい怪我をした者のためにM&M・バーボンウィスキーも忍ばせてあった。その総量は九キロ近くになった。

> 大男ゆえに機関銃手をつとめるヘンリー・ドビンズは弾丸抜きで十・五キロ（とはいってもだいたいいつも弾丸は装填してあった）の重さのあるM60機銃を担いでいた。それに加えてドビンズは五キロから七キロ近くの重さの弾丸ベルトを肩から胸にかけて吊るしていた。

語り手はどこにいるのか

さて、抱腹絶倒のギャグ小説から一転して、生々しく重々しい戦争小説です。何が生々しく重々しいかと言えば、右の引用にある兵士たちの持ち物の重さが、いかにも生々しく重々しい。邦訳では「キロ」表示になっていますが、もちろん原文は「ポンド」表示で、たとえばミッチェル・サンダーズ無線兵が担ぐPRC25無線機の「十二キロ」は原文では「二十六ポンド」です。と言っても、なかなか実感が湧いてこないかもしれません。ちなみにボウリングのボールで通常いちばん重いのが十六ポンドです。ただしボウリングのボールは球形で、持つと言ってもアプローチから投球までのほんの何秒かです。いや、さっすがに律子さん、の頃は、いや、ボウリングブームの頃は多くの人が「マイボール」を所持していましたから、かつては比較的長い時間それを持って歩く人が町に溢れてはいました（中学時代の私の友人には、重いからと坂道でボールを転がして運んだ輩もいました）。しかし、ここはヴェトナムの野山です。ボウリングをしにいくわけではありません。そして一日に六時間歩く。もし

PRC25無線機のリアルな重さに関心があるようなら、十六ポンドボールと十ポンドボールをバックパックに入れて背負い、野山を六時間歩いてみてください。

生々しく重々しいヴェトナム小説を書くティム・オブラエンは一九四六年ミネソタ州オースティン生まれ。オースティンと言えばテキサス州の州都がすぐに思い浮かびますが、人口七十五万人のテキサス州オースティンに対し、ミネソタ州オースティンは人口二万人ほど（オブライエンが育った当時は一万人足らず）。十歳の時に彼はそこから真西に進んだ同じミネソタ州の、さらに人口の少ないワージントンに引っ越しています。オブライエン自身、『本当の戦争の話をしよう』に収められたべつの短篇「レイニー河で」などでは、このワージントンのほうを「我が故郷」と言っています。私も高校時代にそのすぐ南境にあるアイオワ州のスー郡にいましたが、冬になると辺りには雪の壁ができる、それはそれは寒い土地がらです。つまり、ティム・オブライエンはそうした環境で育ちながら、一九六九年から一年間、熱帯のヴェトナムに従軍したことになる。そして服役後ハーバード大学の大学院に通い、一九七三年に『僕が戦場で死んだら』（原題は“If I Die in a Combat Zone, Box Me Up and Ship Me Home”～『僕が戦場で死んだら、箱詰めにして家に送ってくれ』）で作家デビュー、「ヴェトナムもの」がまだしっかりとは確立していなかった当時のアメリカ文壇に、従軍経験者による作品として少なからぬ衝撃をもたらしました。ちなみに一九七三年はパリ協定が締結された年であり、この年の三月末にアメリカは南ヴェトナムからの完全撤退を完了しています。その翌年の八月には、撤退を決意した大統領ニクソンがウォーターゲート事件をきっかけに辞任、アメリカ国民は文字通り「ロスト」の状態に陥った、というのが、大雑把に言えば、当時の社会状況です。

『本当の戦争の話をしよう』は一九九〇年の刊行。文春文庫版の「訳者あとがき」にもある通り、当初は『本当の戦争の話をしよう』（“How to Tell a True War Story”）として刊行される予定でしたが、最終的に原題は“The Things They Carried”となり、ここにとりあげている「兵士たちの荷物」が、オリジナルの表題作ということになります。村上解説にはそのあたりの経緯については触れられていませんが、折しもその頃は湾岸戦争勃発の時期と重なり、『本当の戦争の話をしよう』（“How to Tell a True War Story”）ではあまりにも刺激的すぎる、との配慮がもしかしたら出版者サイドに働いたのかもしれませんが、この作品集全体を読めば、なぜ『兵士たちの荷物』（“The Things They Carried”）になったかがおおよそ理解できます――収録された全作品は、兵士たちがヴェトナムで運んだもの、言葉を換えれば、「戦争で担がされてしまったもの」（作品本文では‘carried’のほかに、‘hump’=「背中の瘤」という語が動詞として「担ぐ」にあてがわれています）を軸に構成されているからです。

さて、もうお気づきかもしれませんが、「兵士たちの荷物」は、原題では、「彼らが運んだもの」です。つまり邦題においては代名詞の‘they’を「兵士たち」としています。しかし、原文全体を仔細に見てみると、「兵士」を表す‘soldier’は、動詞としての用法を含めても五箇所にしか使われていません。もちろん文法的に言えば、代名詞である‘they’が圧倒的多数になるのは当然と言えば当然なのですが、それにしてもその数の少なさは、あえて‘soldier’を使うのを回避しているかのようでもあります。作中に「私」は出てきませんので、語り手は天空から物語世界全体を俯瞰する位置にいるはずです。

ところで、作品本文にはこの小隊の一行は総勢十七名であったことが記されています。その中で名前をあてがわれているのは、引用に登場する四人のほかに、頭を撃ち抜かれて戦死することになるテッド・ラヴェンダー、新約聖書を肌身はなさず持っているネイティヴ・アメリカンのカイオワ、夜間視力増強ビタミン剤と兎の脚を携行するデイヴ・ジェンセン、最後の武器としてパチンコをたずさえるリー・ストランク、死人から切りとった親指を手放そうとしないノーマン・バウカーをあわせ、計九人です。したがって、彼らのほかに八人の無名の兵士がいたことになりますが（そのうちの何人かは後続の物語で名前が明るみになります）、どうして冒頭の作品で名前があるのがこの九人だけかと言えば、続く作品群では彼らが主役になるからです。この作品集全体は「彼ら」の物語なのです。

では、「彼ら」はなぜ、「兵士たち」ではなく「彼ら」なのか。「兵士たちの荷物」に続く作品は、直後の「愛」をはじめ、大半が「私」ないしは「我々」という一人称で語られます。すなわち、語り手は「兵士たちの荷物」では無名であった兵士一行の中にいたのです。それを踏まえれば、なぜ「兵士たち」ではなく「彼ら」なのかは、もう明白でしょう。この作品の「彼ら」はそもそも「我々」だったからであり、「兵士たち」というような距離感のある視点は、本来はなかったからです。そして、冒頭作において「我々」をあえて「彼ら」にしたところに、この作品集の策略があります。「私」をまずは無名性の兵士たちの中に埋もれさせておくこと。それは「彼ら」の存在を「私」に優先させることに他なりませんが、追って「彼ら」の中に「私」がいたことが詳らかになる時、この作品集がはじめから「我々」によって語られていた場合、あるいはその後も一貫して「彼ら」によって語られた場合、それら両者と比較してそこで強調されるのは、語り手の存在感であることは言うまでもないでしょう。その存在感によって私たち読み手は、何人かの無名兵士の一人であり「私」である物語内の語り手、その「ティム・オブライエン」という名（虚構）と、本の表紙に刻印されている「ティム・オブライエン」という著者の名（実体）とを分別するよう、差し向けられるのです。

意図された二項対立図式

本作品には形式上の主役として中尉のジミー・クロスが据えられています。二十二歳という若さで小隊長の彼は十六人の兵士を従え一日六時間に及ぶ行軍の先頭に立っています。「それは戦闘ではなかった。それは果てしない行軍だった。目的もなく村から村へと移り歩き、勝つこともなければ、負けることもなかった。彼らは行軍すること自体を目的として行軍した」。そうした状況の中、クロス中尉の唯一の慰めは、ニュー・ジャージー州の大学で英文学を専攻するマーサという恋人から届く手紙であり、彼女の写真です。彼は一日の行軍が終わると決まってそれらをとり出し、一時の「夢見心地」に浸ります。しかし、「恋人」とは言っても一緒に映画を観にいく程度の間がらで、これまでの関係と言ってもせいぜい「おやすみのキス」くらいのものです。テッド・ラヴェンダーが銃弾に倒れた時、彼は兵士たちよりも恋人に自分の頭が支配されていてことに責任と激しい自己嫌悪を抱き、たこつぼ壕の中で手紙や写真を焼き捨てます。

焼いてしまった手紙の中でマーサは一行も戦争には触れていなかった。ジミー、体に気をつけてねと書いてあっただけだった。彼女は局外者なのだ。彼女は手紙に「さよなら《ラブ》」と署名していた。でもそれは愛ではなかった。そしてそこに書きつけられた典雅な表現も専門的な言葉も、所詮何の意味も持たないのだ。処女かどうかなんて、もうどうでもよかった。彼は彼女のことを憎んだ。本当に憎んだのだ。それはまた愛でもあった。でもそれは憎しみを含んだハードな愛だった。

邦訳では手紙の署名の「さよなら」に「ラブ」とルビがふられていますが、原文では‘Love, Martha’で、少なくとも「さよなら」は文字としては記されていません。それを「さよなら《ラブ》」と訳してしまうことにはいささかの引っ掛かりがありますが、と言うのも、それはマーサが書いた手紙であるはずなのに、「さよなら《ラブ》」にはクロス中尉の感情が映し出されてしまっているように思えるからですが、いずれにしてもストーリー全体には大きな影響はないように思えます。それ以上に私たちの注意をひくのは、「典雅な表現」や「専門的な言葉」が「所詮何も意味も持たない」という部分でしょう。それらが、英文学を専攻するマーサによってもたらされていることは言うまでもありません。無論それを、戦場では文学など役に立たない、と受けとめてしまうことは容易です。けれどもここで強調されているのは、戦闘地域の「重さ」の対極としての非戦闘地域の「軽さ」です。クロス中尉が所持していた写真のうちの一枚で、バレーボールをするマーサは「白いジム・ショーツをはいていた。この脚はまず間違いなく処女の脚だ、と彼は考えた。乾いて、毛もはえていない。左の膝が持ち上がるような格好でせいぜい四十五キロという彼女の体重を支えている」。クロス中尉はその写真を燃やすのです。そこでは、兵士たちの「迷彩色」に対するマーサの「白」、泥と汗にまみれた戦場に対するマーサのつややかな肌、そして兵士たちの荷物に対する四十五キロのマーサという、「重さ」(かさばり)と「軽さ」(シンプルさ)とが対立する構図が描かれています。クロス中尉が抱いた憎しみとは、マーサという人間に対するものではなく、マーサという人間の周辺からいやがうえでも伝わってきてしまう「軽さ」だった。その意味で「英文学」も、ここでは「軽さ」の象徴として扱われます。

そうしたクロス中尉の物語があるいっぽうで、この作品の大部分はリ、ス、トによって埋め尽くされています。それはつまり、兵士たちの所持品のリストですが、もちろんリストそのものにはストーリー性はない。しかし、それらは総体として「重さ」という意味を作品全体に与えています。文学作品で「リスト」が取り扱われるのは決して珍しいことではありません。むしろ、「リスト」は文学作品の「定番」と言ってもいいでしょう。一例をあげれば、F・スコット・フィッツジェラルドの「バビロンに帰る」は友人たちのリストから物語が始まりますし、「兵士たちの荷物」と同時代のアメリカ文学で言えば、一九九〇年代はじめにアメリカ文壇を震撼させたブレット・イーストン・エリスの『アメリカン・サイコ』はブランド品のリストで作品全体が満たされていました。

プライスはじっと目で女を追うが、中から玄関へ出てくる足音が聞こえると、正面に向き直り、誰が出てもいいようにヴェルサーチのネクタイを正す。コートニーがドアを開ける。クリツィアのクリーム色シルクブラウスを着て、やはりクリツィアの赤さび色ツイードスカートに、マノロ・ブラーニクで買ったドーセイのパンプスをはいている。

私はぶるっと震え、黒いウールのジョルジォ・アルマーニのオーバーコートを渡す。

（ブレット・イーストン・エリス／小川高義訳『アメリカン・サイコ』角川書店版、14頁）

また、八〇年代にアメリカ文学の主流をなしていたミニマリズム小説の特徴のひとつにも、身のまわりにあるものを片端からリスト化し書き連ねる傾向がありました。

三十分後、あなたはK＆Bファーマシーの駐車場に車を乗入れ、車から降りると店の中に入って、赤いジャンプ線やテレビ俳優の顔のジグソー・パズル、型押し革のカウボーイ・ベルト、カメラや計算器が並んだガラス・ケース、家庭用品売り場の小石模様のタンブラーを見て回る。医薬品売り場では、いろいろな種類の指の副木を当てて試し、姿勢が改善されるように工夫された、自動車用肩掛け安全ベルトの入った箱の絵をじっと見る。それからおもちゃ箱を見、その中から、くすんだ緑色のプラスティックの箱を、続いて深紅色の金属の箱を開ける。長柄付き吸引ゴムカップを手に取って、床で使いごこちを試してみて、自然に跳ね上がって元に戻ることに驚き、関節をはずしたラクダみたいだと思う。文房具売り場の近くでは、盆に載せられた、ケチャップがたっぷりのちりちりの大きなフレンチ・フライ・ポテトの絵が描かれた陶器の貯金箱の棚に向き合う。

（フレデリック・バーセルミ／橘雅子訳「ムーン・デラックス」～中央公論社版『ムーン・デラックス』所収、76頁）

けれども、それらの作品が一様に「リスト」を「浪費」や「マスプロダクション」という「軽さ」の象徴として用い、かたや対向する「重さ」の描きこみを徹底して回避していたのに対し、「兵士たちの荷物」においては「重さ」と「軽さ」のコントラストが際立っています。それは、あからさまな二項対立図式の提示、と言ってもいいでしょう。そのことを私たち読み手はどのようなメッセージとして受けとめるべきでしょうか、どのようなメッセージとして受けとめなければならないでしょうか。

Forty-three years old, and the war occurred half a lifetime ago, and yet the remembering makes it now. And sometimes remembering will lead to a story, which makes it forever. That's what stories are for. Stories are for joining the past to the future. Stories are for those late hours in the night when you can't remember how you got from where you were to where you are. Stories are for eternity, when memory is erased, when there is nothing to remember except the story.

引用したのは、ティム・オブライエンのホームページ（www.AuthorTimOBrien.com）に掲載されている（二〇〇九年一月現在）、オブライエン自身による「小説」に対するメッセージです。冒頭に「四十三歳」とあり、「戦争はその人生の半ばで起こった」と続きますから、おそらく『本当の戦争の話をしよう』が刊行された一九九〇年頃の発言ではないかと思われます。「記憶は時に物語を生む。そして、記憶が消えたとしても物語は永遠に残る」というのが、このメッセージの骨子です。つまり、ここでオブライエンが言わんとしているのは、彼はドキュメンタリー作家ではなく、小説家である、ということに他ならない。同じホームページにはオブライエンのインタビュー記事も収録されていますが（実に数々のインタビューをこなしている人です）、その中のひとつには、"July, July"（『七月、七月』二〇〇二年）を書くにあたってのエピソードが紹介されており、「事実に則する部分もあるが、物語は本来物語である」という主旨の発言があります。

クリアになってきました。そう、あらためて確認しますが、『本当の戦争の話をしよう』は物語なのです。その読み手に対する第一の警告が、前述したように、物語の語り手である「ティム・オブライエン」と、作家である「ティム・オブライエン」とを分別させる目論見の中にあった。そして、「兵士たちの荷物」がこれみよがしに提示する二項対立図式は、それが物語であることをさらに強固に伝えようとするメッセージなのです。その意味でオブライエンは、物語に不可抗力的に忍びこんでしまう二項対立図式をその内側から突き崩そうとした同時代の脱構築派の作家たちとは、だいぶかけ離れたところにいる。けれどもそれは、ヴェトナム従軍経験のある作家としてオブライエンが意図した戦略なのです。彼は、ヴェトナム戦争を物語化することによってヴェトナム戦争の記憶を伝えることを選択した。そのアングルから考えれば、なぜ作品集の原題が『本当の戦争をしよう』("How to Tell a True War Story")から最終的に『兵士たちの荷物』("The Things They Carried")になったのか、べつの理由が見えてきます。『本当の戦争の話をしよう』では、オブライエンのそうした意図を踏まえたうえでは、いくらなんでもひねり過ぎになってしまうように思えるのです。

強化されるリアリティ

ところで、そのような「物語」を意識させる意図的な策略を作品全体においてはとりつつ、いっぽうで作中に綿々と積み上げられる兵士たちの所持品のリストは、「ヴェトナム」という物語を、平板で数値的なものへと置き換える作用をもたらします。それは言わば「反物語」とでも呼ぶべき行為です。けれども、それもまたティム・オブライエンの策略でしょう。

小説のひとつの機能が、想像力を通じてのリアリティの構築であるとすれば、これら所持品のリストは、少なくともクロス中尉の苦悩を読みとることによってリアリティが立ち上がるのと同じような機能は有していない。言葉を換えれば、リストを読みこめば読みこむほど想像の領域が大きく膨らむ、そのようなことはない。当然ながら、リストの一行一行には、感情や感傷が入りこむ余地がないからです。しかし、そこには確実にリアリティ——剥き出しのリアリティ——がある。ヴェトナムの野山で、死や恐怖のイメージが巣を張り巡らすことによって結果的に麻痺しリアリティを損なっていく反面、リストは確かな量感によって戦争のイメージをリアリティとして伝え続けます。記憶が物語になる過程において、しかしその記憶を物語へと根こそぎ回収させないために用意された装置、それがこの作品の、膨大かつ微細な、兵士たちの所持品リストです。

この作家の小説のスタイルは現在のアメリカ文学のフィールドにおいてはかなり孤立したスタイルであるといっていいだろう。彼の作風は今のところ、どのような小説的トレンドにもコミットしていない。レイモンド・カーヴァー流のニュー・アメリカン・リアリズムとも違うし、ジョン・アーヴィングの奔放な物語世界とも違う。シックな前衛でもないし、いわゆる通好みの作家でもない。ニュー・ジェネレーションの作家たちが振りまくポップなフレイヴァーからはもちろん相当かけ離れている。またどのような先輩作家の作風とも不思議なくらい似ていない。

これは「訳者あとがき」にある作家・ティム・オブライエンに対する村上評です。「レイモンド・カーヴァー流のニュー・アメリカン・リアリズム」は第四章でも触れたように、時に「ニュー〈アンド・ダーティー〉アメリカン・リアリズム」とも呼ばれるわけですが、一九八〇年代にカーヴァーと同じ「ミニマリスト」として扱われていたフレデリック・バーセルミの、先の「ムーン・デラックス」からの引用にみたリストと、ティム・オブライエンが「兵士たちの荷物」で使用したリストとを比較してみれば、バーセルミのリストもまた現代アメリカのリアリティを映し出すリストには違いありませんが、それがとらえるのは現代アメリカの表層です（もちろん、ミニマリストたちの戦略が、表層に留まり続ける、というところにあったこともあります）。いっぽうで、オブライエンが提示するリストは、確かに戦争の表層でありながら、同時に戦争の本質でもある。なぜなら、そのリストが兵士たち自身の身体性と精神性とに深く結びついているからであり、ジャンクでマスプロダクティヴなアメリカ的なものに心地よく身を委ねている人間の身体性と精神性を象徴するリストとそれとが、明らかに異質であることは言うまでもありません。

そしてオブライエンが、自分が（ドキュメンタリー作家ではなく）小説家であることを強調する時、それでもいざ「ヴェトナム」を書こうとすれば、「ジョン・アーヴィングの奔放な物語世界」には向かわず、あるいはまた「シックな前衛」にも「ニュー・ジェネレーションの作家たちが振りまくポップなフレイヴァー」にも陥らないのは、この作家の中で「ヴェトナム」の記憶が薄れそれが物語によって維持されるかたわら、確かなリアリティが彼の内に残っているからではないか。それがすなわち兵士たちの所持品リストであり、この非日常的なリストによってクロス中尉のありふれた恋物語が浮かび上がるのではなく、クロス中尉の恋物語のそのありふれた日常性によって、平板で数値的なリストがもつ「非日常」というリアリティが強化されるのです。

（ティム・オブライエン「兵士たちの荷物」＝文春文庫版『本当の戦争の話をしよう』所収）

「少しケーキを食べたまえよ」とジェリーはアミーナに言った。

アミーナは唇に軽くカップの縁をつけ、「アフリカ人は朝食にケーキは食べないのよ」といたずらっぽく言った。

「我々は食べる」とジェリーはうしろめたいせいで早口で言った。「古くからのアメリカの習慣なんだ」

アミーナはじろじろとジカを見た。彼女が立ち上がるとジカはひるんだ。アミーナは「おしっこをしてくるわ」と言った。それは彼女が知っている数少ない英語のセンテンスのひとつだった。

「あいつ何か疑ぐってるな」とジェリーは言った。

13　アフリカ人女性の本懐——ポール・セロー「真っ白な嘘」

網とクロロフォルムの瓶を持って家を出ようとするとき、台所の騒ぎが耳に入った。ジェリーはアミーナにアイロンなんてかけなくていいと言い、アミーナは言い返し、ジカは困ったようにうなっていた。しかしジェリーは怒っていて、間もなく自転車がことことと音を立てて家から出ていった。ジカがペダルを踏み、アミーナはクロスバーの上に乗っていた。

「僕」はそれを見ていたのか?

一度読んだら長くその印象が残り続ける。ポール・セローの「真っ白な嘘」は、そんな短篇のひとつであることに間違いはないでしょう。物語前半の最後に置かれた右の引用部分は、この作品の結末にとってまさに重要な伏線となっています。

ところで、引用文を読んでいるとあるひとつのことに気づきます。登場人物はジェリーとアミーナとジカの三人。とすれば、「網とクロロフォルムの瓶を持って家を出ようとする」主体は誰なのか? その人物は、自分の目で、ジェリーもアミーナもジカも見ていない、、、、います。したがってこの三人のうちの一人ではない。そう、この作品にはもう一人の登場人物がいます。それが語り手であり、アフリカへ昆虫学の研究をしにアメリカから渡ってきた「ドク」こと「僕」で、つまり「僕」は昆虫採取のために「網とクロロフォルムの瓶を持って家を出ようと」したその矢先に、ジェリーとアミーナが諍《いさか》いを起こしているのを目撃する羽目になったのです。ちなみにジェリーことジェリー・ベンダも同じくアメリカ人で、現地の学校の敷地内にある一軒家で「僕」と一緒に暮らしています。「学校」とは、どうやら平和部隊による現地人のための英語学校のようで、ジェリーはそこで教壇に立っている。教師、というわけですが、「僕」の目から見た彼は、欺瞞的で野心家で、その野心は「自己中心癖《エゴティズム》よりずっと多くの嘘つきを生み出す」類のものだった。けれども彼は「非常に注意深く、その嘘はよく計算された控え目なものだったので、彼の言を疑う人間は一人もいなかった」。いっぽうアミーナは、ジェリーがバーで知り会い交際を始めた現地の娘で、週末になると彼は彼女を家に連れてきて情交を繰返します（同じ家に住む「僕」はその声に悩まされることになる）。そして、ジカはこの家のコックでありつつ、一夜明けた朝にアミーナを自転車で町まで送り届けるという任務が与えられています。引用は、ジェリーが、新任の校長であるサー・ゴッドフリー・インクペン夫妻の十七歳になる娘のペトラが夏休みにローデシアからやってくることを知り、彼女をもてなそうとジカにケーキを焼かせているのをアミーナが気づき、訝《いぶか》しがっている場面です。そこを「僕」が目撃します。

はて。ということは、「僕」は、「網とクロロフォルムの瓶を持って家を出ようとする」それ以前の出来事は見ていないはずです。台所の騒ぎが「僕」の耳に入った時、どうやらアミーナは用を足した後のようで、ジェリーのシャツにアイロンをかけている。ケーキをめぐる諍いは、いまやアイロンをめぐる諍いへと変転している。が、引用の前半部を見ると、いかにも「僕」は、ケーキをめぐる諍いをも目前で目撃していた、かのような口ぶりで事の成り行きを報告しています。もちろん語り手である「僕」は、あとからその時の様子をジェリーやジカに聞き、あたかも自分がその場に居合わせたかのように語り直すこともできるわけですが、見ていないことを見ていたかのように語る、というそのあたりに、ポール・セローという作家の傾向、と言うか、癖を見てとることもできる、そんな気もします。

遅くなりましたが、ポール・セローは一九四一年マサチューセッツ州メドフォード生まれ。アメリカでは「小説家」というよりもむしろ「トラベルライター」として知られています。デビューはウガンダ滞在時の一九六九年に発表された長篇小説“Waldo”ですが、セローの名を世に知らしめたのは何と言っても一九七五年発表の旅行記『鉄道大バザール』。日本を含む世界各地を鉄道で旅し、その見聞をまとめたもので、当時アメリカでは大ベストセラーとなり、セローはアメリカ版「お鉄ちゃん」の先駆けとも呼ばれるようになりました。いや、鉄道だけでなく、ボートやカヤックや、あるいは徒歩で、彼は世界中を巡り巡っています。その他の代表作に、ハリソン・フォード主演で映画化もされた『モスキート・コースト』、シガニー・ウィーバーが主演したスリラー映画の原作『ハーフムーン・ストリート』、また鉄道旅行記では『古きパタゴニアの急行列車』や『中国鉄道大旅行』などがあります。そのように小説とルポルタージュを書き分けているせいか、しばしばフィクションとノンフィクションとが錯綜することがあり、これまでに作家のアンソニー・バージェス（と言えば、『時計じかけのオレンジ』）や、U2のボノ（と言えば、ノーベル平和賞候補の常連）らとの間に、セローが彼らを実名でとり上げた記述によって、ちょっとした名誉毀損系のトラブルを起こしています。そう、そうしたトラブルは、真偽がいまひとつはっきりしないところもありますが、セロー自身実際には見ていないものを、あたかも見ていたかのように報告したところに火種が生じたのではないか、というのがおおかたの見方です。とすれば、鉄道旅行記をはじめとする彼のルポルタージュもそのノンフィクション性に関心が向かうところですが、村上春樹翻訳ライブラリー『ワールズ・エンド』の村上解説によると、ポール・セローは、疑いの余地なく「尋常ではない人」のようで、おそらくそういったあたりをつつくには、あまりにも規格外の作家ということになるのかもしれません。

「おしっこをしてくるわ」と言う彼女

「真っ白な嘘」は一九七九年五月の「プレイボーイ」誌に発表された作品で、一九九四年に刊行された同誌四十年間の秀作短篇を集めたアンソロジーにも、バーナード・マラマッド、ノーマン・メイラー、ジャック・ケルアックら、そうそうたる顔ぶれの作品とともに収録されています。T・コラゲッサン・ボイルの、女性の身体にすっぽりコンドームをかぶせてセックスをするという「モダン・ラヴ」も収録作品のひとつですが、「プレイボーイ」誌であるだけに、「性」がこれら短篇のキイワードになっているのは動かしがたい。が、それが男根性を前面に押しだしたものかと言えば、少々趣が違う（それは、どちらかと言えば、「プレイボーイ」ではなく「ペントハウス」の仕事でしょう）。「モダン・ラヴ」の主人公は潔癖症であるがゆえに、一部ではなく、全体を覆うことを嘱望します。しかも彼は、男である自分ではなく、女にそれをかぶせようとする。そこには明らかに、男根性のゆがみがあります。「真っ白な嘘」でも、ジェリー・ベンダはどうしようもないプレイボーイで男根性の象徴のような男だが、彼にはある意味凡庸なジェンダー・ロールがあてがわれているだけで、もっと驚くことには、この作品全体が提示しているのは、ジェリー一人には留まらない、より広範に凡庸、と言うか、オーソドックスなジェンダー社会です。そのことによって逆に、ジェリーの男根性は、ゆがむのです。その、男女の役割分担がきちんとはかられた世界はもちろん、アフリカという地で、アメリカ人のジェリーとアフリカ人のアミーナという支配／被支配関係によってかたちづくられています。

ところで、冒頭の引用の中で私たちの興味をことさら引きつける箇所、それは、アミーナの言う「おしっこをしてくるわ」に他ならないでしょう。「それは彼女が知っている数少ない英語のセンテンスのひとつだった」。英語のボキャブラリィに乏しいアフリカ人の娘だが、「おしっこをしてくるわ」は知っている。「おしっこをしてくるわ」です。と言うことは、彼女は現地の言葉でも頻繁に「おしっこをしてくるわ」と言うのか。それにしても、可憐な娘の「おしっこをしてくるわ」は直接的すぎで露骨すぎると思いますが、原文にあたると（こういうところが、邦訳と原文を読み比べる妙味のひとつです）、'I have to make water.' と彼女は言っています。厳密に言えば、「お水を出さなきゃ」といったあたりで、「おしっこをしてくるわ」（'I have to pee.'）とは言っていない。「おしっこする」の 'pee' はまた 'piss' とも言い、わが国が世界に誇る乳酸飲料の「カルピス」がアメリカでは「カルピコ」という商品名で売られているのは、'Calpis' だと発音が 'cow piss' に近くなり、つまりそれはいやがうえでも「牛のおしっこ」を連想してしまうのが一因と思われますが[*1]、いずれにしても、「お水を出さなきゃ」

（'I have to make water.'）と「おしっこをしてくるわ」（'I have to pee.'）とでは、それを言う女性のイメージがだいぶ異なってくるのは言うまでもないでしょう。そのあたりに、アミーナの人間性を知るひとつの鍵がありそうです。

さて、十七歳の白人の娘ペトラをたぶらかそうと企んだジェリーは、まず彼女の両親であるサー・ゴッドフリーとレイディー・アリスのインクペン夫妻を家に招き、しかし彼らはアフリカという地で娘一人を家に残しておくわけにはいかないことをジェリーは百も承知で、したがってジェリーにとっては当て馬に過ぎなかった両親に伴われてやってきた本命の娘と対面するという所期の目的を、両親に下心を見抜かれることなくまんまと達成するわけですが、その団欒の場にこともあろう、アミーナが乱入してきます。

インクペン一家はじっとタクシーを見つめた。僕はジェリーの顔を見た。彼はまっ青になったが、それでも冷静さだけは失わなかった。「ああ、そうですね」と彼は言った。「生徒のお姉さんだな」彼は外に出てアミーナをさえぎろうとしたが、彼女の方が素速かった。彼女はジェリーのわきをすり抜けて、インクペン一家が唖然としている客間《パーラー》に入ってきた。びっくりして口もきけなくなっていたサー・ゴッドフリーが、立ちあがってアミーナに椅子をすすめた。（中略）

「よく来てくれましたね」とジェリーは言った。言葉づかいはきちんとしていたが、声はいくぶん甲高くなっていた。「えー、こちらは――」

アミーナは気まずそうにマントの翼をぱたぱたさせ、「いえ、もう失礼します。まずいときにお邪魔しちゃって」と言った。彼女は彼女の国の言葉でしゃべった。彼女の声は小さく、申し訳なさそうでさえあった。

てっきりこの日の朝の諍いによってアミーナが何かを勘ぐって不意に現れたものと思ったジェリーは、彼女に外に出て話そうと促すものの、彼女は「その必要はないわ」とそれを遮り、マントの下から何かを取り出そうとします。凶器が出てくるものとジェリーは身を翻しますが、彼女が手にしていたのは、プレゼント用に包装されたやわらかそうな包みだった。そして、それをジェリーに手渡すと、彼女はそそくさとその場を後にします。ここは、重要な場面です。自然に読めば、アミーナは朝の出来事で何かを勘ぐったのではなく、ジェリーと仲直りするために、夜になって舞い戻ってきたということになるでしょう。なぜなら、彼女はジェリーへのプレゼントを携えていた。しかも、「彼女の声は小さく、申し訳なさそうでさえあった」。インクペン一家にせがまれ、ジェリーは恐る恐るその包みを一同の前で開きます。それを見ていた「僕」は気が気ではありません。「捨てられた恋人が心がわりした男に堕胎した胎児を送り届けるといったような話を、僕はいくつか耳にしたことがあるからだ」。こんどは、この場に居合わせた語り手の「僕」は、いままさにそれを見る立場に自らを置くことによって、物語の緊張感を高める役目を果たしています。

ジェリーは包みを破って開け、そこに不都合なものが入っていないことをたしかめてから、インクペン家の人々に見せた。

「シャツね」とレイディー・アリスは言った。

「綺麗じゃないか」とサー・ゴッドフリーが言った。

それは赤と黄色と緑のシャツで襟と袖に刺繍がついたアフリカ風のデザインのものだった。

「これは返さなくちゃ。ワイロのようなものですからね」とジェリーは言った。

「馬鹿なことを言っちゃいかん」とサー・ゴッドフリーが言った。「是非頂いておきたまえよ」

「着てみてよ!」とペトラが言った。

ジェリーが首を振ると、レイディー・アリスが「着てみなさいな!」と言った。

このうえなく差し出がましい母娘ですが、結局ジェリーはシャツの袖に腕を通すことすらなく、夜半になってそれを燃やしてしまう。そして、追ってそれが、ジェリーに予期せぬ災いをもたらすことになります。

ここで注意すべきなのは、プレゼントを携えてきたアミーナの服装でしょう。「僕」をして、「彼女がぴったりとしたドレスとハイヒール以外の格好をしているのを目にしたのはそれがはじめてだった」と言わせしめたその夜の彼女は、「田舎のムスリム風に黒いサテンのマントとサンダルを身につけていた」。そして、暗闇の中から肌の色の黒い女が突然現れ、しかも全身黒ずくめの格好にただならぬ恐怖感を抱いた十七歳の少女・ペトラは、「上から下まで、ショールをかぶった頭からひびわれた足まで、ちらちらと相手を見ていた」。ここでは明らかに、白人一家の団欒に象徴される「白」と、アミーナと夜の闇に象徴されるアフリカの「黒」とが色彩的なコントラストをつくりだしています（ただしそれは、当のアミーナは予期しなかったコントラストでしょう）。そのうえで、どうしてアミーナは普段の「ぴったりとしたドレスとハイヒール」ではなく、ムスリム衣装でこの場に現れたのか。

もちろん、今宵はバーに繰り出そうとしているわけではないから普段着だった、と解釈することはできるでしょう。でも、だとすれば、彼女はいつもとは違い普段着だった、で済ませればよいのです。また、「アマデウス」のサリエリではありませんが、何か悪魔的な者がやってきたことをその衣装によって演出するため、と認めることもできるでしょう。けれども、ここで主体をアミーナに移せば、彼女のこの夜の衣装の選択は他ならぬ、彼女がアフリカ人であることの主張だったのではないか。言うまでもなくそれは、「ぴったりとしたドレスとハイヒール」という西欧によるアフリカ支配とのあいだに対立関係を浮かびあがらせます。彼女の突然の出現に誰よりも驚いたのはジェリーでしょう。そのジェリーは、彼女の普段見慣れない格好を、まさに自らとの「対立」の象徴として受けとめてしまうのです。つまり彼は、「ぴったりとしたドレスとハイヒール」を彼女の西洋への服従《コロニアリズム》として理解していた。そこにこの男のいちばんの浅はかさがあった。と考えれば、こうした文学作品をプレイボーイ向けに掲載する「プレイボーイ」誌もなかなかハイブラウ、です。休刊に追いこまれた「日本版プレイボーイ」誌は、そのあたりの日本人読者層を囲いこむことができなかったのか、あるいは日本にはそもそもそうした上半身兼備のプレイボーイなど存在しなかったのか、「プレイボーイ」誌の盛衰に見る日米の文化比較をしてみたくなるところですが、ここでは視点をジェリーからいまいちどアミーナに戻してみたいと思います。

プレイボーイの哀れな末路

さて、この後物語は劇的な展開を見せます。思い出しただけで、全身の皮膚がずきずきと疼いてくるかのようです。

彼は電灯の下に身をかがめた。背中はグロテスクに真っ赤に膨れあがっていた。発疹は乳頭くらいに大きく膨れあがり、変色した傷あとのようになっていた。ひとつ押してみると、彼は悲鳴をあげた。じゅくじゅくとした液が膿疱から出てきた。

「痛いよ」と彼は言った。

「ちょっと待て」つぶれたできものの中に、また何かができているのが見えた。白くもつれた塊だった。少し歯をくいしばってろよと僕は彼に言った。「ひとつ絞りだしてみるから」

それを両手の親指ではさみ、小さな白い塊をひとつ押し出してみた。そいつは膿ではなく、液体でもなかった。僕はぎゅっと押しつづけ、ジェリーはそのあいだずっと身の毛のよだつような悲鳴をあげていた。それから僕は彼の背中から絞りだしたものを見せてやった。ピンセットの先にのっているのは、生きた蛆《うじ》だった。

ジェリーはペトラをお茶園に誘うことに成功します。しかし彼は彼女とできなかった。それは無論、右の引用にあるように、彼はやる気満々であったのに、全身にできた疱瘡が彼を萎えさせてしまった。「僕」はお茶園から帰ってきたジェリーに「あの娘の具合はどうだった?」(原文では、'How does she bump?'、つまり「彼女はどんなふうに下腹を突き出すんだ?」)と訊ねますが、ジェリーは「性的征服に酔っている男の顔ではなかった」(原文では「征服」は'boasting'で、「征服」と言うよりは「自慢」です)。いっぽう、十七歳のペトラのほうも「すごくやりたがって」おり、「おあつらえ向きの干し草置場までみつけてきた」ようです。「僕」は「シャツなんか脱がなくたって(できた)」とジェリーを諌《いさ》めますが、ジェリーは「そんなヤバイことできるもんか。伝染性のものだったらどうするんだよ」と、プレイボーイのわりには妙に道理をわきまえたことを言います。

アミーナの黒装束を白人への「抵抗」として見なし続けるジェリーは、彼女があの夜に自分に触れたことによって細菌が伝染《うつ》されたと確信しています。ところが、彼の背中を見た時点ですでに「僕」は事態を呑みこんでいる。この地には、生乾きのシャツに卵を産みつける蝿がいることを。卵は人の体温によって孵化し、幼虫である蛆虫が人の肌に巣くって成長することを。したがって、いかにノーアイロン(英語では'drip-dry'と言います。雫を垂らしつつ乾く、といったあたりの意味合いでしょうか)のシャツでも、こまめにアイロンをかけ卵を殺した後で着なくてはならないことを。

そうです。ジェリーに咎められシャツにアイロンをかけ損なったアミーナは、彼のためを思って、夜になって新しいシャツを届けにきたのです。「おしっこをしてくるわ」ではなく「お水を出さなきゃ」という彼女は、あながちはすっぱではなかった。ところで、その場面をリワインドすると、サー・ゴッドフリー・インクペンが少々気になるコメントをアミーナの届け物の行為に対して発しています。

「いかにもアフリカ人らしい」

サー・ゴッドフリーは、ジェリーの嘘に騙され、彼女が弟の学校での好成績の礼にジェリーにシャツを届けにきたものとばかり思ってそう言っているのですが、「いかにもアフリカ人らしい」には白人の目から見たアフリカ人の望ましい姿が、いかにも表されています。そしてアミーナは、本質の部分で、それを決して裏切らなかった。ここまでくると、なぜ彼女がムスリム装束で現れたのか、その理由がべつの角度から見えてきます。つまりそれは、普段は西洋人と同じ格好をして「対等」を主張する彼女が見せた、アフリカ人としての白人への服従の印ではなかったか。さらに言えば、女としての男への服従の印ではなかったか。ポスト・コロニアリズムやフェミニズムの立場からは大いなる罵声が飛んできそうですが、そうしたあまりに古めかしい階級ロールやジェンダー・ロールをこれみよがしに提示しつつ、かたや、ジェリーの男根性を否定する。それが実行される背景には、古めかしい階級ロールやジェンダー・ロールに疑いを抱く西洋諸国の先進性があり（それは、十七歳の女の子が干し草置場をみつけてくる類の先進性です）、それ以上に、ここで決定的にないがしろにされているのは、ノーアイロンのシャツでもアイロンをかけなければならないということに象徴される、後進と見なされる土地の「知」であることは言うまでもありません。そこにあらためて、西洋諸国の先進性という、無知が浮かび上がってきます。

身体に巣くった蛆虫を「僕」によって全てとり除かれたジェリーはしかし、「本とラケットは君にやるよ」という置手紙を「僕」に残し、姿を消します。ここにプレイボーイの哀れな末路があるのですが、「白い虫の呪い」という「僕」の言葉をジェリーは信じていた、そのことが彼のこの土地からの逃亡の大きな理由になったのは間違いないでしょう。ジェリーはどうやら腰抜けプレイボーイだったようです。「プレイボーイ」誌でこの作品を読んだアメリカのプレイボーイは、果たしてどんなリアクションを見せたでしょうか。一笑に付したか、他人事では済まされないと感じたか。はたまた、思わず自分の皮膚をつまんだか。せっせとシャツにアイロンをかけたか。

余計な詮索はさておき、この作品の原題は'White Lies'です。'White'はすなわち、「白い虫」の「白」であったことが、読後に徐々に詳らかになってきます——もちろんそれは、「僕」がジェリーについた「嘘」です。いっぽう、'White Lies'は「真っ白な嘘」でありながら、「白人は嘘をつく」と読むことも、文法的には可能です。それとのコントラストにおいて、団欒の夜に黒ずくめの装束で現れたアフリカ人女性アミーナの嘘のない愛情に対する「僕」の眼差しが、この作品の底流に射しこんでいる、そんな気がします。

（ポール・セロー「真っ白な嘘」＝中央公論新社版・村上春樹翻訳ライブラリー『ワールズ・エンド』所収）

＊1　同じような例で、「ポッキー・チョコレート」は'Mikado'という商品名で売り出されています。'pocky'には、「あばたの」とか「梅毒の」といった意味があるので、改名はやむをえないところでしょう。

14　男だって女だって、人間だって猫だって、そんなのどうでもいいじゃない
――アーシュラ・K・ル＝グウィン『空飛び猫』

「お母さんはここを出ていきたいとは思いません」とタビーお母さんは静かに言いました。「私はここで生きていきます。ゆうベトム・ジョーンズさんが私に、結婚の申しこみをしました。私はその申しこみを受けるつもりです。そうなると、子供たちは邪魔になるのです」

猫の身になって考える？

二〇〇五年四月、アメリカ・フィラデルフィアにあるドレクセル大学で、リチャード〈ディック〉ジャクソンという人の講演会が開かれました。全米図書館協会（ALA）の下部組織である全米児童

図書館サービス協会（ALSC）が毎年、児童文学にかかわる作家、画家、批評家、出版関係者らから功績が認められる人に授与する、アルビュースノット賞の受賞記念講演会です。リチャード〈ディック〉ジャクソンは一九六八年にブラッドベリー・プレス社という児童書専門出版社を設立、その後オーチャード社に移り、アルビュースノット賞受賞当時は、大手出版社サイモン&シュースター社の児童書部門で編集部長を務めていました。そうした彼の長年にわたる児童文学作品の開拓、児童文学作家の発掘・育成活動に対してこの賞がおくられました。記念講演会には多くの児童文学関係者が祝電、と言うか祝逸話を寄せています。その中の一人に、アーシュラ・K・ル＝グウィンの名がありました。編集者リチャード〈ディック〉ジャクソンにまつわる彼女の思い出話の中心をなしていたのが、冒頭に引用した『空飛び猫』の一節です。『空飛び猫』は、編集者リチャード〈ディック〉ジャクソンが世に送り出した名作のひとつです。

ファンタジーを題材にしたとたんに、なにやら子供に言って聞かせるような口調になってしまっているような気がしないでもありませんが、その祝逸話の中で、ル＝グウィンはつぎのようなことを言っています（www.cis.drexel.edu/arbusnot/Le-Guin.htm 参照。訳・筆者）。

> 原稿を渡した時、ディックはほとんど何ひとつ注文をつけませんでしたが、この一節にだけ彼は首を傾げたのです。彼とのやりとりを記した手紙は手元にはありませんが、彼のコメントはいまでもはっきりと覚えています。

「そんな風に自分の子供を放り出す母親の存在は」と彼は言いました。「子供をうろたえさせるかもしれない」

「だって猫なのよ」と私は言いました。「猫の母親は、時が来れば、子供を放り出すんです。それは猫の常識よ」

「だったら、はっきりそう書いてはどうかね」とディックは助言してきました。

ちょっと気にしすぎじゃないかしら、と私は思いましたが、不承不承、文章に継ぎ足しをしました。「猫の家族では、そんなことは常識なのです」と。そして、場面自体にはあえて手を入れませんでした。

さて、ディックは正しかったでしょうか？　もちろんですとも！

ル＝グウィンによれば、『空飛び猫』ならびに「空飛び猫シリーズ」は、町中の学校で教材としてとてもよく使われ、それを彼女は「危険と逃避、薄汚れた都会からの飛翔願望」というそのテーマからではないかと解釈しています。たくさんの子どもたちから素晴らしい便りの数々が届いたそうです。けれども、来る手紙来る手紙、ジェーン・タビー母さんの行いに触れていないものはなかった。「どうしてお母さんは子どもたちを見捨てるの？」「彼女が子供たちを捨てるところは大っきらい」。

そして、こんな手紙もありました。そのままの文章が私の記憶に焼きついています。

「ジェーンさんが憎いです。殺したいくらいに。子どもたちを守らないお母さんなんてサイテー」

それは小学3年生からの手紙でした。

考えもしなかったのです。どれだけの子どもたちが見捨てられるのを恐れているかを。家がなくなるのを恐れているかを。母親の愛を失うことを恐れているかを。いったい誰が子どもたちのそんな恐怖を正当化できるというのでしょう。このことこそが、まさにディックが恐れていたことなのです。彼が私に訴えようとしていたことなのです。

しかし、リチャード〈ディック〉ジャクソンはそのことを承知のうえで、ル＝グウィンの意向通りに本を出版したのです。「彼は不必要に子どもを傷つけようとは思わなかった。けれどもいっぽうで、そのために物語や真実が捻じ曲がってしまうのを是としなかったのです」とル＝グウィンは振り返っています。どうやらこのあたりに、作家・アーシュラ・K・ル＝グウィンの真骨頂がありそうです。そう、猫の世界では、母親が毎年決まって子どもを見捨て他所の雄猫とくっつくのを、それこそ猫だったら誰でも知っている。それをル＝グウィンはあくまでも猫の立場で表すことを主張するのです。言葉を換えれば、彼女の頭の中では、子どもの頭の中で起こるような、猫の擬人化は起こらない。絵本の読み手である子どもの視点から（言うなれば人間の視点から）猫の世界をフィクショナライズすることをよしとしない。そうした決然たる姿勢がこの作家にはあるようです。

しかし、そこにはひとつの疑問も浮かび上がってきます。ではいったい、猫の立場に立って語っている語り手は誰なのか。人間なのか、猫なのか。さて、どちらなのでしょう。結論から先に言えば、どちらでもよい、ということになるでしょう。そもそも、人間／非人間を区別すること自体に意味がないのだ、それがル゠グウィンという作家の主張です。

総称代名詞としての「彼」

遅くなりましたが、アーシュラ・K・ル゠グウィンは一九二九年カリフォルニア州バークレー生まれ。作家デビューは一九六〇年代初めと、やや遅咲きですが、いまや世界を代表するファンタジー作家であることは誰もが認めるところです。「アメリカで本を出版しようと思ったら、なんらかのカテゴリーに当てはまるか、さもなければ評判になることが不可欠である。（中略）そんなわけで、わたしがサイエンス・フィクションを書きはじめた最初の動機は、本を出版したいというきわめてはっきりした望みだった」（ル゠グウィン「モンダスに住む」千葉薫訳、岩波現代文庫版『夜の言葉』所収、17頁）と本人自らが言うように、当初はSF作家として出発。「一九六七年から六八年にかけて、『影との戦い』と『闇の左手』を書いたことで、わたしはついに自分のサイエンス・フィクション味を切り離し、純粋なファンタジー味を確立することができた」（同21頁）。そこから彼女の代表作である『ゲド戦記』シリーズもまた確立されていったのは言うまでもないでしょう。その『ゲド戦記』は、一九八〇年代初めにスタジオジブリの宮﨑駿監督がル゠グウィンに映画化をもちかけましたが、当時ル゠グウインは宮崎作品についてほとんど知識を持ち合わせておらず、この話を却下。しかし、後日「となりのトトロ」を観て熱烈な宮崎ファンとなったル＝グウィンは、翻訳者を通じてあらためて宮崎駿監督にコンタクト。ところが、契約直前になり、映画化をするのは宮崎駿監督ではなく長男の宮崎吾朗監督であることを報され、そうやって二〇〇六年に完成した映画は、しかし原作が改変されており、ル＝グウィンが吾朗監督に対して「これは私の本ではなく、あなたがつくった映画。その意味ではすばらしい映画よ」と複雑な心境を表明したのは記憶に新しい（ル＝グウィン公式ホームページ www.ursulakleguin.com/GedoSenkiResponse.html 参照）。その意味では、映画「ゲド戦記」はちょっとした問題作になってしまったが、ル＝グウィン自身が話題を提供した問題作といえば、何と言っても『闇の左手』でしょう。

その『闇の左手』は、先の引用にもあった通り、一九六〇年代終盤の作品です。物語の舞台は惑星・ゲセン。この星の住民は両性具有で、ただし、「ケメル」と呼ばれる発情期があって、この時だけは、男／女が分け隔てられる。しかし、誰が男になり誰が女になるかは、ほぼ人間の女性の生理周期と一致するその「ケメル」が訪れてみないことにはわからない。そうしたゲセン人と地球人の遭遇が、この物語の焦点です。

さて、『闇の左手』をめぐる論争の中心となったのは、両性具有であるはずのゲセン人に対して、なぜル＝グウィンは男性三人称単数である "he" を代名詞として用いたか、ということでした。

わたしはゲセン人を〝彼〟と呼んでいます。というのも、わたしは〝彼／彼女〟といった代名詞を作り出して英語を台無しにしたりすることだけは絶対的に拒否するからですが、困ったことに英語における総称代名詞は、〝彼〟なのです（日本人がうらやましい。日本語には、彼／彼女を示す代名詞があるという話ですから）。

（ル＝グウィン「性は必要か？」山田和子訳、岩波現代文庫版『夜の言葉』所収、158頁）

この「〝彼／彼女〟といった代名詞」の絶対的な拒否姿勢は後日あらためられており、また同時に「総称代名詞の〝彼〟は、実際、女性を論のなかから排除してしまいます」とル＝グウィンは言明していますが（同159頁）、ここでまず、私たちにとってとても気になるのは引用の後半、「日本人がうらやましい」云々の部分であるのは間違いないでしょう。

はて、ル＝グウィンは日本語のどの代名詞をもって、それが「彼／彼女を示す」と言っているのでしょうか。残念ながら、少なくとも岩波現代文庫版『夜の言葉』にはこれに関する訳者解説の類が掲載されていません。現代を生きる私たちの周囲を見回してみてもこれに相当するような代名詞は思い浮かばない。が、可能性としては、かつての「彼」がそれにあたるのではないか。日本語の「彼」は、いまでこそ'he'ですが（正確には、'he'と百パーセントイコールではありませんが。と言うのも、英語の'he'が例外なく男性単数を他称するのに対し、たとえばあなたは、自分のお父さんを「彼」と他称しますか？）、古くは遠くにある人や物を指す遠称代名詞であり、指し示す対象が男／女に限らず、それは「かれ

（か）」でした。早朝や薄暮の時間帯を表す「かわたれ時」（あの人は誰？）の「か（彼）」です。けれども、明治期になり海外の小説が大量に輸入され始めると、'he' の訳として「彼」がすっかり定着し、いっぽう 'she' には「彼女」があてがわれることによって、現在の用法になったとされています。つまり、もしル＝グウィンがこの「彼」を意図しているのだとしたら、それは西洋的なものによって日本語から奪われてしまった、かつての「彼」という男女を隔てない総称代名詞のシステム、ということになります。

ところで、このことによって垣間見えてくるのは、まさに「言語の制度」です。「いままでになかった小説！」「まったく新しい小説の地平！」といったうたい文句を目にすることがしばしばありますが、そもそも「いままでになかった小説！」「まったく新しい小説の地平！」それら自体が言語の制度化にある陳腐な言い回しであるのは言うまでもなく、ましてやそうした言語によって形容される（たやすく形容されてしまう）作品が、「いままでにない」「まったく新しい」作品ではないことは、それを読む前からわかりきったことです。どんなに「いままでにない」「まったく新しい」作品であっても、ひとつの言語で書かれている限り、それはその言語の制度下にあるという意味で、「ありふれた」「まったく新しくない」ものなのです。そしてその制度とは、他ならぬ、以前は「男／女」の区別なく使われていた「彼」が、やがて「男／女」という対立図式に呑みこまれ、「彼／彼女」と分化していくような制度です。ではたして、こうした言語制度の呪縛から物語を解き放つ手立てがあるのか。その疑問こそが、構造主義者、あるいはポスト構造主義者たちに悶絶に値する格闘を導いたのであり、呪縛からの解放は、そのような論理建設によるものと、もうひとつ、ル＝グウィンの方法によって可能になるのではないか、とここでいったん仮定してみたいと思います。

　フェルディナン・ド・ソシュールが指摘したように、言葉は世界を切りとるための道具であって、たとえば「イヌ」という音が「ネコ」や「タヌキ」や「ネズミ」という音と識別されることによりそれが「ネコ」や「タヌキ」や「ネズミ」とは異なるものとして区分けされる。そこから一歩進み、「暑い」は「寒い」状態ではないこと、「明るい」は「暗い」状態ではないこと、さらに「男」は「女」ではないこと、「善」とは「悪」ではないこと、といったように言葉は自らを規定するためにその対立項と一対になって成立する。前提として、これを受けいれることとしましょう。

　すなわち、私たちの言語はそうした二項対立図式をその根本に擁したシステムなのであり、したがって、私たちが言語を通じて私たちのまだ言語化されていないイメージを表わそう（表象しよう）とする時、私たちはおのずとその二項対立図式という制度化において言語活動を行わざるをえない。ということは、その呪縛からの解放を目論むには、言語活動の内側において二項対立図式の無効化を指向するか、さもなければ、私たちが私たちの言語活動そのものの外側に進んで出るか、という選択肢が浮上してきます。

　まず、言語活動の内側において二項対立図式の無効化を指向する。これはつまり、「男／女」「悪／善」といった対立関係を積極的に転覆させようというものです。具体例をあげれば、男→女→男→女、悪→善→悪→善というような循環装置のもとで、「男」がたえず「男」ではなく、また

「善」がたえず「善」ではない、あるいは「男」の対立項がたえず「女」ではなく、「善」の対立項がたえず「悪」ではなくなるように「中間項」を差し挟む、大雑把に言えば、そんなシステムをつくりあげていくことです。

つぎに、言語活動の外側に進んで出ること。

外側へのひとつの通路は、特殊な技術的言語をもちいたり解体のための装置を取り揃えたりすること。もうひとつは、異世界を想像することである。最初のものをデリダの道、あとのものをル・グィンの道と呼んでいいだろう。この両方は同時にできるし、しなければならないと考えるひとたちもいる。あるいはそのとおりかもしれない。だが数多くのひとびとに受けいれてもらおうと思えば、このふたつを同時に行うことは滅多に望めるものではない。ル・グィンの道を行けば、通俗的なジャンルでしごとをし、そのジャンルと英語の規範の多くを受けいれることになる。たしかに、こうした妥協のために支払わなければならない代価がある。しかし、妥協を拒んだために支払うことになる代価もあるのだ。

（ロバート・スコールズ『テクストの読み方と教え方』折島正司訳、岩波書店版、186頁）

ここでスコールズは、「特殊な技術的言語をもちいたり解体のための装置を取り揃えたりすること」の実例をあげてはいませんが、ル゠グウィンが、いっぽうの「通俗的なジャンル」でしごとをしている側とすれば、明らかにそれとは分別される、ジェイムズ・ジョイスの『フィネガンズ・ウェイク』が念頭に置かれているであろうことは、疑う余地がほぼないでしょう。それがル゠グウィンの方法と対向することは、スコールズが指摘するところの、ル゠グウィンの「異世界を想像すること」が紛れもなく、「通俗的なジャンル」において既成の言語を用いながら、しかし言語がその本質として抱えている二項対立図式などそもそも存在しない世界へとトリップすることである、と考えれば明らかになります。

無意識の異世界

さて、ここまで『空飛び猫』から話題が大いに逸れてしまいましたが、その『空飛び猫』は、背中に羽のはえた子猫の兄弟姉妹、セルマ、ロジャー、ジェームズ、ハリエットが母親のもとを去り（と言うか、前述したように、それまでの棲家であったゲットーから母親に蹴り出され）、冒険の果てに新たな生息の場をみつける、という物語です（「短篇」と言うよりは「絵本」なのですが、ここではそのテクストの分量から「短篇」としてとり扱うことにします）。その冒険のクライマックスが、ハンクとスーザンという二人の心優しい子どもたちに出会う場面ですが、まさにこの猫と人間との出逢いが、ル゠グウィンの「異世界」を象徴します。

「『靴』のことを覚えている？」とハリエットがなんとなく懐かしそうに言いました。彼女は丸々と太っているように見えましたが、それはたぶん体つきが小さいせいでしょう。それに比べると、他の兄弟たちはみんな痩せこけて、なんだかみすぼらしく見えました。

「うん、覚えているよ」とジェームズが言いました。「あいつらに一度追いかけられたことがある」

「『手』のことは覚えているかい？」とロジャーが尋ねました。

「ええ、覚えているわ」とセルマが答えました。「一度それが私を持ち上げたことがあるの。まだほんの子猫のときだったけれど」

「それでどんな目にあったの？」とハリエットがききました。

「それは私をぎゅうっと握りしめたの。痛かったわよ。そしてその『手』の持ちぬしはこう叫んだのよ。『翼だ！　翼だ！　こいつには翼がついている！』、そいつはずっと、馬鹿みたいな声でそう叫びつづけていたのよ。私のことを摑んだまま」

これは言うまでもなく、子猫たちの記憶にある人間の印象です。この後に続く会話で猫たちはどうやら、人間を認識しているようではありますが、「手」や人間が身につけた「靴」は、言わば人間の持ち物、ないしは文字通り猫のようなペットであって、身体の一部ではない。実は私自身も猫（アメショーっす。羽はえていません）を一匹飼っているのですが、人間の身をしてまさにこれと同じことを思うようなことがあります。つまり、彼女は、私という人間と、私という人間の手とが一体のものと考えているだろうか、と。猫にははたしてそうした個体認識力があるのだろうか、と。なぜなら彼女は、人間の手で自分が不快に感じることをされると、人間ではなく、手に歯や爪を立てるからです。

こうしたル゠グウィンの視点もまた、言ってみれば、猫の立場なのですが、ここで決定的に回避されているのは、「猫（非人間）／人間」という対立図式に他なりません。それはたとえば、猫（非人間）を苛めることによって自己（人間）を獲得するような私たちの行為を根底から無効にするのと同時に、［neko］という音の響きが［inu］や［nezumi］の音の響きとは区別され、それによって［neko］が「猫」として認識される、という言語の制度そのものをも無効にします。なにしろル゠グウィンの世界においては、それらがおのおの切りとられる必要がないのです。

一羽の鳩がひゅうっとやってきて、子猫たちの横に並びました。その鳩は、小さなまるっこい赤い目で、不安そうに子猫たちのことをじっと見ていました。「ところで君たち、なんていう種類の鳥なのかな」と鳩は考えあぐねた末に尋ねました。

「旅行バトだよ」とジェームズは即座に答えました。

ハリエットはみゃおうと笑いました。

一羽の鳩は、得体の知れない生物に、その名を確認することによって、言うなればジャンルわけをしようとしたわけですが、ジェームズは「旅行バトだよ」と答えをはぐらかします。つまり彼は、彼らという生体に対し名が与えられることによって、彼らが他の生体から区分されることに、何ら重要性を感じていない。腹に袋があり、そこに子どもをおさめ、野をぴょんぴょんと跳ねる動物に白人が、「なんだあれは？」と訊ねたのに対し、現地民が「わからん（カンガルー）」と答えたのと同じような本質がここにはあります（「カンガルー」がオーストラリア現地民の言葉で「わからん」の意味であるというのは、どうやら俗説らしいですが、これはこれで、優れた記号論上の教訓話です）。つまり、白人たちはその動物を命名することによって、それを他の動物から区分けしようとしたのですが、現地民にとってはそれを区分けする必要がなかった、現地民にしてみれば、彼らの概念の問題として、その動物を特別扱いする理由がなかった。これは、高度な文明です――名前を与えないと落ち着かないような白人文明に比べれば、このうえなく高度です。

翻って、ル゠グウィンという作家の本質もまた、それと同じところに見いだせるでしょう。彼女にとっては、人間だとか猫（非人間）だとか、あるいは男だとか女だとかを分別すること自体が無意味、と言うか、分別するというような次元を彼女は超越しているのです。物語の語り手が誰であるか、その語り手が誰の立場に立っているか（誰に焦点化しているか）、そもそもそんな問いすらが愚行とでも言うように、彼女の視点は人間や猫、さらには男や女の間を自由に行き来するのです。こうした作家・ル゠グウィンの思考の原理を説明してくれるかのような一節を、ある本の中に見つけました。私が私の言葉で表すより、ここではそれを使わせていただいたほうがより的確と思いますので、引用させてもらいます。ちなみに、この本ではル゠グウィンについては何も触れられていません。以下は、フェルディナン・ド・ソシュールをめぐるこの本の言及の一部です。

わたしたち人間は、記号のルールにコントロールされた「現実」に安らぎを覚えながらも、その安らぎを打ち破って、どうにかして「現実」のこわばりを解き放つことを無意識に望んでいるのかもしれない。

(難波江和英/内田樹『現代思想のパフォーマンス』光文社新書版、78頁)

なんという味わい深い言葉でしょう。

さて、最後にまたまた蛇足になりますが、ル゠グウィン『空飛び猫』シリーズ四冊の邦訳を手がけている村上春樹さんの手法のひとつが、日本文壇ではいっこうに定着しない「ファンタジー」であり、いっぽう村上作品の中でも代表的な一篇である『世界の終りとハードボイルド・ワンダーランド』においてはまさに、「言葉」の世界と「イメージ」の世界をパラレルに置くことにより、「記号のルールにコントロールされた現実のこわばりを解き放つこと」が目論見られていたことを付しておきます。

(アーシュラ・K・ル゠グウィン『空飛び猫』゠講談社文庫版)

15
「蛇」が見えていたのは誰？
――ジェイン・アン・フィリップス「盲目の少女たち」

とうとう彼女はみんなのお待ちかねの話を始めた。ある女の子とそのボーイフレンドが、ちょうどこういう感じの夜に田舎道に車をとめる話。風がひゅうひゅうと吹き、やがて雨が降りはじめ、空全体がじゃがいもの汁みたいな涙を流す。ねえお願い、もう帰りましょう、と女の子は言う。何かが車をカリカリとひっかいているような音が聞こえるわ。やれやれまったくもう、と男の子は言って、タイヤを激しくきしませて車を出す。家に戻って、二人は頭の狂った腕なし男の鉤手がドアにひっかかっているのを発見する。ジェシーはその男の悪臭を放つ黄ばんだ顔と、できものだらけの切断面について語る。その男は今でもぜいぜい喘ぎながら、必死になって草むらの中で探し物を続けているのよ、と彼女は言う。彼女には実際に感じることができる。その男が生の野菜の匂いを放つのを。小麦色の髪をした血だらけの、拒絶されたカウボーイ。そして彼女は焦点の合わない目をする。暗闇の中の呻き、甲高い声。頼む、頼むからやめてくれ、頼む。神経質な笑い声。サリーは窓から小屋の外に目をやった。

とうとう彼女はみんなのお気に入りの話、田舎道に車を停めた女の子とそのボーイフレンドの話を始めた。風が吹きすさび雨の降る、満天がポテトの汁のようにむせびなくこんな夜のこと。お願い、もう行きましょうよ。女の子は嘆願する。何か車を引っ掻くような音が聞こえる。何てこった、ボーイフレンドがぶつぶつ言いながら、タイヤを軋ませて車を出す。家に帰ると、二人は気違いの不具の義手がドアに挟まっているのを見つける。ジェシーはその黄色い腐った顔とできものだらけのちぎれた腕の付け根の様子をこと細かに話す。そいつは草むらの中であえぎ、泣きながら何かを探しているのよ。彼女は男の生野菜のような臭いを感じた。小麦色の髪の忌まわしい半人前のカウボーイ。彼女の目は焦点を結んでいない。暗闇の中にはうめき声とファルセット。やめて、ねえ、お願い、やめて。ひきつった笑い声。サリーは小屋の窓から外を見た。

それは誰の叫びか

同じ作品の異なる訳をふたつ並べましたが、本章のテーマは翻訳論ではありません。作品はジェイン・アン・フィリップス「盲目の少女たち」。前者が文春文庫版『Ｓｕｄｄｅｎ　Ｆｉｃｔｉｏｎ』に収録された村上春樹訳からの引用で、いっぽう後者は彩流社版『ブラックチケッツ』に収録された河村隆訳「ブラインド・ガールズ」からの引用です。邦訳年代では、前者が一九九四年一月で、後者が同じ年の五月ですから、ほぼ同時期です。さて、もういちど目を皿にして右のテクストを見てみてください。ぼんやりしていると読み飛ばしてしまいます。それぞれの訳は、翻訳文体としての差異がある、それはまあ誰の目にも明らかでしょう。しかし、それ以上に、このふたつでは訳し方が決定的に違う箇所がある。それはいったいどの部分でしょうか。いいですか、労を惜しまずに言います、目を皿のように大きく丸く見開いて、です。

そのあいだに。ジェイン・アン・フィリップスは一九五二年ウェスト・ヴァージニア生まれ。ウェスト・ヴァージニア大学を卒業後、突如カリフォルニアへと放浪の旅に出、生活のために職を転々とします。その時の「孤独」や「疎外感」といった経験が後に彼女の作品に色濃く反映されることになったと言われますが、一九七六年に短篇を集めた最初の作品集“Sweethearts”を発表。しがない小出版社による発行でしたが、小出版社からの優れた文学作品に対しておくられるプッシュカート賞を受賞（この賞の受賞者には、本書にも登場しているレイモンド・カーヴァー、ティム・オブライエンや、チャールズ・バクスター、アンドレ・デビュース、またジェイン・アン・フィリップスとほぼ同時代ににわかに脚光を浴びた一群の新進女性作家の一人であったモナ・シンプソン他、名だたる顔ぶれが並んでいます)。二年後の七八年には第二作品集“Counting”を発表。これも小出版社による刊行でしたが、本作ではセント・ロレンス賞を受賞。そして翌七九年の短篇集『ブラックチケッツ』で、その存在が、大げさに言えば、全米に知られることとなりました。他の代表作に短篇集『ファスト・レーンズ』、長篇も“Machine Dreams”、“Shelter”などがありますが、一般的には「短篇作家」として知られています。また作風を一言で表そうとする時には、しばしばレイモンド・カーヴァーやアン・ビーティーらと同様、「ミニマリズム」としてくくられることが多いようです。

『ブラックチケッツ』に収録された「盲目の少女たち」は、原文で言えばわずか三五〇ワードほどの「超」がつく短篇ですが、しかし、村上春樹さんが手がけたアメリカ文学作品の中でも、とりわけ手ごわい作品のひとつ、と言ってもいいでしょう。その原因は、本作が登場する少女たちの内面から浮かび上がってくる抽象的なイメージをかなり生のまま表していることと、さらに、たった三五〇ワードの作品でありながら、物語内物語が組みこまれる、つまり、入れ子構造をとっていることにあります。

登場人物はジェシーとサリーという名の二人の少女(「家庭科」の先生の話が出てくるのでおそらく高校生)。彼女たちはジェシーの家から丘を降りた小屋でワインを飲みながら猥談をし、笑い転げていますす(実は、ジェシーとサリー以外にもこのパーティーには参加者がいるようなのですが、これについては後述します）。そして、周囲が暗くなってきたころ、ジェシーが怪談話を始める。それが冒頭の物語内物語ということになります。どうやら小屋の外の草むらには、彼女たちを見にきた男の子がいるようで、草が揺れ動いています。ジェシーはそれがたわいないいたずらであることをわかっているが、いっぽうサリーはそこに何かが這っていると言ってきかない。やがて身体が硬直しだして動けなくなったサリーをジェシーは、馬に火を通らせる時のように目隠しをして丘の上の家まで連れて上げる。その時、「少年たちはわあっと歓声をあげながら、野原から走り出てきた」（村上訳）。という、話です。

さて、ふたつの訳で何が決定的に異なるか、発見できたでしょうか。そう。叫び声です。村上訳が、

頼む、頼むからやめてくれ、頼む。

であるのに対して河村訳は、

やめて、ねえ、お願い、やめて。

になっています。村上訳では男の声であり、河村訳では、常識的に考えれば、女の声でしょう。すなわち、村上訳ではその叫び声の主が「頭の狂った腕なし男」のものとされ、河村訳ではそれは小屋の中にいる少女の一人（おそらくサリー）のものとされているのです。ここには二人の明らかな認識の違

いがあります。重要ですので、以下にこの箇所の原文も引いておきます。

Finally, she told their favorite, the one about the girl and her boyfriend parked on a country road. On a night like this, with the wind blowing and then rain, the whole sky sobbing potato juice. Please let's leave, pleads girlie, It sounds like something scratching the car. For God's sake, grumbles boyfriend, and takes off squealing. At home they find the hook of a crazed amputee caught in the door. Jesse described his yellow face, putrid, and his blotchy stump. She described him panting in the grass, crying and looking for something. She could feel him smelling of raw vegetables, a rejected bleeding cowboy with wheat hair, and she was unfocused. Moaning in the dark and falsetto voices. Don't don't please don't. Nervous laughter. Sally looked out of the window of the shack.

問題の箇所は、原文では 'Don't don't please don't' となっているのがわかります。'**please** don't' には懇願する響きが籠められています。そして、その言い回しは、どちらかと言えば、女性のもののようにも思えますが、一概に断定はできない。たとえば強盗に銃を突きつけられた時など、男だって 'please don't' と言うはずです。

そこで視点を変え、いったいこの物語内物語はどこで外へと出るか、つまり外枠の物語へと戻るのかを検討してみたいと思います。村上訳で言えば、「風がひゅうひゅうと吹き」から物語内物語が始まります。そして、「鉤手がドアにひっかかっているのを発見する」でいったんそれは終わります。と言うのも、その後に続くジェシーの語りは、物語内物語の語りをその内側で代行しているのではなく、いま現在その物語内物語を語っている、というその外枠における語りです（「～できものだらけの切断面について語る」）。その後にも「と彼女は言う」「彼女には実際に感じることができる」と続きますから、ここはすでにもう物語内物語をすっかり抜け出てしまっている、とみなすことができるでしょう。となると、俄然気になるのは、少し進んだところにある「暗闇の中の呻き、甲高い声」です。それは、誰の「呻き」で誰の「甲高い声」なのか。村上訳ではそれはほぼ、「頭の狂った腕なし男」のものでしょう。とすればここで、一度外枠へと出た物語内物語が、再びその内側において語られているかのようです。つまり、「焦点の合わない目」をしたジェシーがそれをサリーに語っている、ないしは、心の中で物語内物語の光景を思い描き自らに語っている。「暗闇の中の呻き、甲高い声。頼む、頼むからやめてくれ、頼む」と。そう考えると、つぎの「神経質な笑い声」も物語内物語で起こっているものと考えられる。否、その可能性が高い。そして、「サリーは窓から小屋の外に目をやった」であらためて外枠の物語へと抜け出すことになります。この後、サリーは怯え始めるわけですが、けれどもこの流れの中では、ジェシーの語る怪談話に対するサリーのリアクションにかかわる描写が決定的に欠けてしまうことになります。なぜなら、「暗闇の中の呻き、甲高い声」や「神経質な笑い声」は、サリーのものではなく、「頭の狂った腕なし男」のものなのですから。

ところで、「頭の狂った腕なし男」はいったい何に呻き、なぜ神経質な笑い声をあげているのか。

その様子を参照すべき彼の行動は、「ぜいぜい喘ぎながら、必死になって草むらの中で探し物を続けている」でしょう。と言うか、それしかないです。はて、探し物をする男が呻いたり甲高い声をあげたりというのはわからなくもないですが、それでいて彼は「神経質な笑い声」を立てているのでしょうか。そのうえに、「頼む、頼むからやめてくれ、頼む」と叫んでいるのでしょうか。男は頭が狂っているわけですから、何でもありと言えばありなのですが、やはりここは、「鉤手がドアにひっかかっているのを発見する」をもってこの物語は、物語内物語から外枠の物語へと出ている、と捉えるのが妥当に思えます。すなわち、「暗闇の中の呻き、甲高い声」や「神経質な笑い声」はジェシーが怪談話をする小屋の中で起こっているのであり、'Don't don't please don't' は、「頼む、頼むからやめてくれ、頼む」という男の叫びではなく、「やめて、ねえ、お願い、やめて」という、小屋の中にいる女の子の叫びととるほうが（つまり河村訳の解釈のほうが）、少なくとも、話がややこしくならないように思えるのですが、いかがでしょう。

小屋には女の子が何人いるのか

ところでこの短篇は、「それが野原に身をひそめている男の子たちにすぎないということを彼女はちゃんと知っていた」（村上訳。原文＝She knew it was only the boys in the field, come to watch them drunk on first wine.）と、少々不思議な書き出しになっています。何が不思議かと言えば、語り手は三人称単数の「彼女」に焦点をあてている。ふつうなら（と言うのはつまり、グラマティカリーにコレクトなら）、まず固有名詞が出てきて、それを受ける代名詞として追って「彼女」が使われるでしょう。ところがこの冒頭部分は、「彼女」でいきなり入り、あとからそれが他称していたらしい固有名詞として「ジェシー」が現れる。終盤になると、「それが野原に身をひそめている男の子たちにすぎない」と確信していたのがジェシーであることが明らかになりますが、ではなぜ、「ジェシーはちゃんと知っていた」と書き出されないのか。不思議です。

このことを考察するために、もうひとつの重要なポイント、すなわち、この小屋にいるのははたしてジェシーとサリーの二人だけなのか、を検討してみたいと思います。否、検討するまでもありません。なぜなら、ジェシーは「みんなのお待ちかねの話を始めた」とはっきり書かれているからです。ただし、この部分の「みんなの」は、原文では‘their’で、物語内物語の語り部となるジェシーを含めたサリーとの「二人」であってもそれは受けえます。が、実はこれ以前にもうひとつ、ジェシーの猥談を聞き「みんなそれに笑い転げていた」（村上訳）というくだりがあり、この「みんな」は原文では‘everyone’で、さすがにこれは「二人」というわけにはいかないでしょう。三人でも少なすぎます。最低限でも四人はいるでしょう。しかし、‘everyone’が出てくるのは作中でこの箇所だけで、それ以外の部分は、ジェシーとサリー以外の女の子がいる、その気配すらない。ジェシーの怪談に身震いを始めたのはどうやらサリーだけのようで、そんなサリーに目隠しをして家まで連れていったのもジェシーだけのようです。

こういう時には思い切って、どちらかひとつの「だけ」だけに視点を収斂してみることも、たまには有効です。どちらにしようかな。いい歳をして何おちゃらけてんだ、と軽蔑していただいても結構ですが、私は「サリーだけ」をとりたいと思います。とくに理由はありません。いちかばちかです。天に唾するような羽目にならないといいのですが。

ところで、ジェシー（この作品では'Jessie'ではなく'Jesse'）という名は、どうにも私には男性ぽく思え（高見山＝現・東関親方もそんな愛称で呼ばれていたような気がします）、ただし彼女ははっきりと女性なのですが、その響きから、彼女には男性性が垣間見える。いっぽうでサリーという女の子に象徴されるのは処女性であるのは間違いない、とここではいったん言っておきましょう。なぜなら彼女は、「何かが草むらの中を這っているのよ」（村上訳）と脅えるのであり、作品の序盤（三五〇ワードの作品に序盤も終盤もあったものじゃないですが）には、つぎのような意味深な一節があります（村上訳）。

小屋の隣の野原には、背の高い草が茂り、そこでは黒い蛇たちがベルトみたいにぺったりとひそんでいた。

これは、ジェシーでもサリーでもなく、本作の語り手による叙述ですが、実際に黒い蛇たちがぺったりとひそんでいた（ああ、なんて気持ちが悪いんでしょう）と読むよりも、シンボリックなメタファーとして読むべきでしょう。つまりここでは、小屋の中にいる女の子たちと（女性の体内）と、草むらにいる蛇（女性の体外にあってそこへの侵入を企てるもの）とが対置されている――蛇の象徴性については、「経血」「不死（再生）」「大地」など女性にまつわるものも多くありますが、また「性欲」「男根」を表すこともあるのは周知の通りです。ただし、ジェシーの猥談に笑いころげていたみんなにとって、それは決して忌まわしいものではない。唯一サリーにとってだけ、それは恐怖の対象なのです。すなわち、「それが野原に身をひそめている男の子たちにすぎないということを彼女はちゃんと知っていた」の「彼女」は文法的には紛れもない単数ですが、それはジェシーという特定の個人ではなく、小屋の中にいる女の子たち——サリー以外の女の子たち——を総称しているのではないか、という考えかたが、ここで有効になってきます。と言うのも、この作品では、少なく見積もっても四人はいる女の子たちから、ジェイン・アン・フィリップスの経歴と重なるところもありますが、サリーだけが疎外されている。性的なものへと関心が向かうみんなから、サリーだけがとり残される。それを浮かび上がらせるためにあえて、冒頭に固有名詞を置かなかったのではないか。女の子たちを総称する代名詞には言わずもがな 'they' があるわけですが、'they' にしてしまえば、そこにはおのずとサリーも含まれてしまうのは言うまでもないでしょう。

　以上をもって本作を、少女たちの性への目覚め、いっぽうそうした目覚めの訪れが遅延している一人の少女の、（比喩的な意味での）盲目さ（ジェシーから、草むらがごそごそと動くのは男の子たちがいるからなのよ、といくら説き聞かせられても納得せず、それがもとで目隠しまでされるサリー）を描いた作品として読むことは、実は簡単です。けれどもここで私は、決定的な過ちを犯しています。お気づきですか？そうです、タイトルです。「盲目の少女たち」（'Blind Girls'）。複数です。「少女たち」ですからもちろん、それはサリー一人を指さない。とすれば、盲目なのはサリーだけではなく、サリーも含む全員の女の子たちなのか。しかし、これまでの読みかたでいけば、サリーだけが孤立するのですから、彼女が他の女の子と同じグルーピングをされるのは合点がいかない。とすれば、残された可能性はひとつ――「盲目の少女たち」は、サリー以外の女の子たちを指す！　とそこまではいいですが、では、どうしてサリー以外の女の子たちは盲目なのか？

作品の染み

まったくの余談ですが、先日、マイケル・チミノ監督の映画「ディア・ハンター」をＤＶＤで観ていたら、もう何回も観ているのですが、今回初めて気がついて、うろたえてしまったシーンがありました。つぎにどのような場面がくるか、ほぼ細部までうろ憶えしていたにもかかわらず、です。

問題のワンシーンは、ヴェトナム従軍から帰国したマイク（ロバート・デ・ニーロ）がアメリカ・ペンシルヴェニア州の故郷の町に戻り、そこで友人から、ヴェトナムで生き別れになったスティーヴィー（ジョン・サベージ）が町に戻っていることを知らされ、彼が収容されている復員軍人病院にマイクが駆けつけるところに差し挟まれています。病院に着きマイクがスティーヴィーの病室へ向かおうとするまさにその時に、廊下にいた看護婦が手に持っていたトレイを床にひっくり返すのです。派手な音があがり、マイクも一瞬そちらに視線を向けるのですが、ところがそのシーンは、映画の本筋の中にあってまるで意味をもっていない。視線を向けたマイクは、しかしそれを見過ごすだけです。何かの悪い予兆かと言えばそんなこともなくて、そもそも、そのシーン以前にスティーヴィーの様態が（精神的にも肉体的にも）よくないことはすでに知らされている。思わずDVDを巻き戻し（もはやビデオが希少価値になっているのに、私たちはいまだに「巻き戻す」と言います）、そのシーンを繰り返し観てしまいました。いったい何なのでしょう。けれども、何度観ても謎はいっこうに解けません。これはもう、作品の染みとして納得するしかない。つまり、計画された意味など本来なく、作者（監督）の無意識をして差し挟まれ、映し出されたシーンなのだと。言ってみれば、三時間にも及ぶ映画ですから、そうした箇所もなくはないでしょう。

翻って、「盲目の少女たち」はたかだか三五〇ワードの作品ですから、染みが紛れこむ余地ほとんどないように思えます。けれども、本来は作者による計画された意味などないのに、私たちが無理矢理意味をあてがおうとしている箇所があるかもしれない。もしそれが、先の「小屋の隣の野原には、背の高い草が茂り、そこでは黒い蛇たちがベルトみたいにぺったりとひそんでいた」だとしたら。だとしたら、ではなく、だと、仮定してみましょう。どうすればいいかと言えば、それを素直に額面どおりに受けとめればいいのです。そこには本当に黒い蛇がいるのだ、と。それは処女性を奪う暴力性の象徴などではないのだ、と。

ここで重要な意味を帯びてくるのが、この作品の結末です。村上訳では、前述の通り「少年たちはわあっと歓声をあげながら、野原から走り出てきた」で、いっぽう河村訳では「少年たちがわめきながら野原から走り去っていった」です。だいぶニュアンスが違います。村上訳ですと、まさにびくびくした女の子たちに向かって少年が彼女たちをからかうように飛び出してきた、かのようですが、河村訳では、そうではなく男の子たちは何かべつの理由で草むらから飛び出し、そしてどこかへ逃げていった、かのようです。ここにはおそらく二人の作品世界の解釈の違いがある。その中心にある英単語が‘squawling’です。原型の‘squawl’は‘squall’が変型したものですが、辞書で調べると「金切り声をあげる」「叫ぶように言う」とあります。ということは、村上訳の「わあっと歓声をあげながら」は、少しばかり拡大解釈をしていないか。原意に忠実という意味では河村訳の「わめきながら」のほうが近い。ただしその後の「野原から走り去っていった」は、原文では‘ran out of the field’なので、村上訳の「野原から走り出てきた」のほうが原意を損ねていない。二者を融合すれば「わめきながら野原から走り出てきた」ということになるでしょうか。それでも、この一文全体のニュアンスとしては、「歓声をあげながら」がないぶん、河村訳のほうに近い。

どうやら光明が射してきました。そう、そこには蛇がいたのです。だから少年たちは驚いて草むらから飛び出してきた。そして、唯一サリーだけが、草むらに「黒い蛇たちがベルトみたいにぺったりとひそんでいた」ことを察知していたのです。安ワインに酔った他の女の子たちにはまったくそれが見えなかった。ようは、彼女たちこそが「ブラインド・ガールズ」だった。

となると、つぎにはこの疑問がおのずと浮かんでくるでしょう。なぜサリーだけが蛇がひそんでいるのを察知していたのか？　明確な理由なんてありません、否、必要ありません。なぜならそれこそが、ミステリアスなこの作品の、いちばんの隠し味だからです。

（ジェイン・アン・フィリップス「盲目の少女たち」＝文春文庫版『Ｓｕｄｄｅｎ Ｆｉｃｔｉｏｎ』所収）

＊1　一九五七年生まれ。代表作に『ここではないどこかへ』。この二人にスーザン・マイノット（一九五七〜）を加え、一九八〇年代には「アメリカ文学三人娘」と呼ばれたりもしました。

おわりに――あとがきにかえて

さて、これで私の計十五回の「講義」は終了となります。本書は、大学の授業を想定していますが、もちろん「学生」に定年はありませんので、いま現在学生証を所持していない方を排除するような意図は、まるでありません。

私自身、アメリカ文学の勉強を能動的かつ前向きに始めたのは大学を卒業した後、サン・フランシスコで暮らすようになった一九八〇年代からです。少なくとも、「同時代」のアメリカ文学については、それ以前にまったく学んだことがなかった。と言うか、当時の日本の大学で「現代アメリカ文学」と言えば、ヘミングウェイやフィッツジェラルドの二〇世紀前半を中心に、戦後と言っても、せいぜいサリンジャーあたりで止まっていましたから、正確には学ぶ機会がなかった、ということになります。この状況は、いまでも、そしてアメリカ文学以外の「文学」についても、多かれ少なかれ同様です。

その後、私は一九九〇年、三十一歳の時に「カーヴァーが死んだことなんてだあれも知らなかった――極小主義者たちの午後」という評論で、「群像」の新人賞をいただいたのですが、それを書いていた頃（つまり、前年の一九八九年頃）が、もっとも「学生」のように、アメリカ文学の勉強をしていたように思います。当時私は、神奈川県の相模原市に住み、新宿にある勤め先に小田急線で通っていたのですが、なにしろ、朝昼のコーヒー代を節約して、帰りには座席を確保するために有料のロマンスカーに乗り、車内勉強をしていたらしい。らしい、というのは、雑誌「東京人」のインタビューで当時の私自身がそう言っているからなのですが、はて、いま思い起こすと、朝昼には新宿ＴＯＰＳで欠かさずコーヒーを飲んでいたような気がしますし、いまでもそうですが、夕刻から夜にかけてのロマンスカーのチケットはそう簡単には手に入らなかった。とは言え、今日読み返すと本人の私ですらひとごとのように感心してしまう二宮尊徳話を「東京人」が捏造するわけもなく、私が確かにそう言ったから、そう書かれているのに違いない。ようするに、ロマンスカー云々は、それくらい熱中していたということの、もののたとえだったはずです。

前置きが長くなりましたが、そう、「学生」に定年はありません。

さらに、言わずもがなですが、あらゆる場所に「学び」の機会はある。

一九八〇年代、サン・フランシスコの日系書店で仕事をしていた頃、私は一人のアメリカ人男性から「伊勢見焼の本はあるか？」と訊ねられたことがあります。「折紙」のことを「鼻紙」と言う人がいるくらいアメリカ人の日本語に対する認識は曖昧なので、どのみち「多治見焼」とかそうした焼物と勘違いしているのだろうと、私は彼を陶磁器関連の本のコーナーへ案内しました。ところが、連れていかれた彼はそこで驚いた表情をして、「伊勢見焼は焼き物もやるのか！」と言うではないですか。伊勢見焼は焼き物もやる？　どうやら、こみいった事情がありそうです。

最初に私は「伊勢見焼の本はあるか？」と訊かれ、つぎに「伊勢見焼は焼き物もやるのか！」と驚かれた。ここに「伊勢見焼」をめぐるふたつのコンテクストが提示されたことになります。はじめの「イセミヤキの本はあるか？」では、てっきり「伊勢見焼」と思ったこの音が、「イセミヤキは焼き物もやるのか！」というコンテクストをべつに与えられることによって、まったく異なる様相を呈してくる。つまり、「イセミヤキ」の正体が明らかになる。それは、「イセミヤキ」を「伊勢見焼」と翻訳してしまったことによって生じた遅延を経て、ようやくいま明らかになる。「伊勢見焼は焼き物もやるのか！」において、「伊勢見焼」は明らかにこのセンテンス上の主格です。しかも述部の「やる」（彼は［do］という言葉を使っていました）を考えれば、常識的には、主格であるはずの「伊勢見焼」は無生物ではなく、人です。伊勢見焼、イセミヤキ、イッセミヤキ……。もうおわかりですね。そう、彼が探していたのは、三宅一生さんの本でした。陶磁器ではなく、ファッションです。

ここにはいくつかの「学び」があります。言葉の意味はコンテクストをもって確定すること。私たちは人の言葉（その音）を、自分にとって都合のいい言葉（その音）へと置き換えてしまいがちなこと（「イセミヤキ」だけでなく、私には、ダナ・キャランが「旦那帰らん」に聞こえたり、マリークヮントが「割食わんと」に聞こえたりします。ひとむかし前には、ベッケンバウアーが「石鹸パウダー」に聞こえました）、等々。とってつけたようですが、これらの教訓は、文学を読むにあたっても、とても重要です。言ってみれば、文学を読むヒントは私たちの身の回りに溢れている。その意味で、文学を学ぶことは決して浮世離れしたことでもなければ、いっぽう、文学を学ぶことによって現実世界の見え方ががらりと変わってくるかもしれない。そうした文学の「読み方」こそ、本講義がもっとも目指したものなのですが、はたして上手にお伝えできたものやら。成果は、皆さんの「授業評価」に委ねたいと思います。

本講義にあたっては、村上春樹さんによる各作品の翻訳書、その原書はもとより、以下の文献・資料を参考にさせていただきました。ここに謝意をこめて一覧にします（順不同）。

ロバート・スコールズ／折島正司訳『テクストの読み方と教え方』岩波書店、一九九九年
ロバート・スコールズ／富山太佳夫訳『記号論のたのしみ』岩波書店、二〇〇〇年
渡辺保、小林康夫、石田英敬『表象文化研究』放送大学教育振興会、二〇〇六年
「アニメ主題歌大全集5」（CD）東芝EMI、一九九八年
フリー百科事典Wikipedia～「サザエさん」「アニメ版サザエさん」「小川ローザ」
ブレット・イーストン・エリス／小川高義訳『アメリカン・サイコ』角川書店、一九九二年
内田樹『村上春樹にご用心』アルテスパブリッシング、二〇〇七年
難波江和英、内田樹『現代思想のパフォーマンス』光文社新書、二〇〇四年
村上春樹、柴田元幸『翻訳夜話』文春新書、二〇〇〇年

ジョン・バース／岩元巌訳「ミニマリズムについて」〜青土社「ユリイカ」一九八七年十月号
フェルディナン・ド・ソシュール／小林英夫訳『一般言語学講義』岩波書店、一九九一年
ロラン・バルト／石川美子訳『零度のエクリチュール』みすず書房、二〇〇八年
ロラン・バルト／篠沢秀夫訳『神話作用』現代思潮社、一九六七年
ロラン・バルト／花輪光訳『物語の構造分析』みすず書房、一九七九年
ミシェル・フーコー／中村雄二郎訳『知の考古学』河出書房新社、二〇〇六年
土田知則、神郡悦子、伊藤直哉『現代文学理論 テクスト・読み・世界』新曜社、一九九六年
前田塁『小説の設計図』青土社、二〇〇八年
歌野晶午『葉桜の季節に君を想うということ』文春文庫、二〇〇七年
法月綸太郎『二の悲劇』祥伝社文庫ノン・ポシェット、一九九七年
伊坂幸太郎『アヒルと鴨のコインロッカー』創元推理文庫、二〇〇六年
フレデリック・バーセルミ／橘雅子訳『ムーン・デラックス』中央公論社、一九九一年
アーシュラ・K・ル＝グウィン／山田和子他訳『夜の言葉』岩波現代文庫、二〇〇六年
Barthelme, Frederick, "Chroma: Stories," Simon & Schuster, 1987
Ellis, Bret Easton, "American Psycho," Vintage Books, 1991
Scholes, Robert, "Semiotics and Interpretation," Yale University Press, 1982
Scholes, Robert, "Textual Power: Literary Theory and the Teaching of English," Yale University Press,

1985

Scholes, Robert, "Protocols of Reading," Yale University Press, 1989

Scholes, Robert, "The Rise and Fall of English: Reconstructing English as a Discipline," Yale University Press, 1998

なお、本書の「イントロダクション」は「盛岡大学英語英米文学会会報」第二〇号（二〇〇九年三月）掲載論文を、また第三章ならびに第四章は同会報第十八号（二〇〇七年三月）掲載論文を、それぞれ加筆修正したものであることをお断りしておきます。

最後になりましたが、本書は、『村上春樹短篇再読』に続く、みすず書房からの私の二冊目の本となります。「みすずじゃないか！」。前作が出た時、何人かの友人がそう言ってくれたのが印象的でした。同社の持谷寿夫さん、田﨑洋幸さん、そして今回も編集の労をおかけした島原裕司さんに、この場をお借りして篤く御礼を申し上げます。

二〇〇九年早春

風丸良彦

著者略歴

（かざまる・よしひこ）

1958年，東京都新宿区に生まれる．上智大学外国語学部卒業．文芸評論家．現在，盛岡大学文学部英語文化学科准教授，東海大学文学部文芸創作学科非常勤講師．専門は現代アメリカ文学．著書：『カーヴァーが死んだことなんてだあれも知らなかった――極小主義者たちの午後』（講談社，1992．表題作で第33回群像新人文学賞［評論部門］優秀賞受賞），『越境する「僕」――村上春樹，翻訳文体と語り手』（試論社，2006），『村上春樹短篇再読』（みすず書房，2007），『遠野物語再読』（試論社，2008），ほか．

風丸良彦

村上春樹〈訳〉短篇再読

2009年3月6日　印刷
2009年3月17日　発行

発行所　株式会社 みすず書房
〒113-0033　東京都文京区本郷5丁目32-21
電話　03-3814-0131（営業）03-3815-9181（編集）
http://www.msz.co.jp

本文印刷所　シナノ印刷
扉・表紙・カバー印刷所　栗田印刷
製本所　青木製本所

ISBN 978-4-622-07453-3
［むらかみはるきやくたんぺんさいどく］

理想の教室より